LE GOÛT DES MOTS

UNE COLLECTION DIRIGÉE PAR PHILIPPE DELERM

Les mots nous intimident. Ils sont là, mais semblent dépasser nos pensées, nos émotions, nos sensations. Souvent, nous disons : « Je ne trouve pas les mots. » Pourtant, les mots ne seraient rien sans nous. Ils sont déçus de rencontrer notre respect, quand ils voudraient notre amitié. Pour les apprivoiser, il faut les soupeser, les regarder, apprendre leurs histoires, et puis jouer avec eux, sourire avec eux. Les approcher pour mieux les savourer, les saluer, et toujours un peu en retrait se dire je l'ai sur le bout de la langue – le goût du mot qui ne me manque déjà plus.

Ph. D.

Philippe Delerm, né en 1950, voue son écriture à la restitution d'instants fugitifs, à l'intensité des sensations de l'enfance, et de tous les âges de la vie. Il est notamment l'auteur de *Sundborn ou les Jours de lumière* (1996, prix des Libraires et prix Culture et Bibliothèques pour tous), *La Première Gorgée de bière et autres plaisirs minuscules* (1997), *Journal d'un homme heureux* (Seuil, 2016), *L'Extase du selfie et autres gestes qui nous disent* (Seuil, 2019) ou *La Vie en relief* (Seuil, 2021).

PROUST INSTANTANÉS

Extraits de *La Recherche* choisis et commentés par Philippe Delerm

INÉDIT

Points

Tous les extraits reproduits dans l'ouvrage sont issus de l'œuvre de Marcel Proust, *À la recherche du temps perdu*.
La préface et les commentaires accompagnant les extraits sont de Philippe Delerm.

ISBN 978-2-7578-9319-7

Préface

À quoi bon ? À quoi bon vouloir écrire après ça ? Je me disais ça, bien sûr, en découvrant *À la recherche du temps perdu*. Mais les plus fermes interdictions peuvent être en même temps les plus fortes incitations. Pendant des années, et juste avant de me lancer dans l'écriture, j'ai balancé entre deux idées. Proust m'interdit tout. Proust m'autorise tout. Dès la quatrième ligne de *La Recherche*, il y avait cette phrase : « La pensée qu'il était temps de chercher le sommeil m'éveillait. » Se trouver alors aussitôt dans la tête d'un autre comme si l'on était en soi. Se dire qu'on a toujours eu cette idée, mais qu'il y a comme une folie à vouloir l'afficher ainsi, qu'on n'aurait jamais songé que cette manière de voir la vie et de l'écrire pouvait trouver sa place dans une œuvre littéraire. Une œuvre dont on sait déjà qu'elle ne ressemblera à aucune autre, qu'elle sera à la fois tout ce qu'il y a de plus simple et de plus compliqué. Qu'elle sera un roman, un essai philosophique, un immense poème, et un recueil de textes courts.

Oui, un recueil de textes courts. À cette époque où j'hésitais entre me contenter de lire Proust ou me mettre à écrire, j'étais étudiant en lettres, et j'écoutais un professeur parler de l'aspect balzacien de *La Recherche*, du milieu aristocratique du boulevard Saint-Germain pénétré par la grande bourgeoisie. Mais je me ralliais bien davantage à l'analyse de Julien Gracq : « Peu de souci, me semble-t-il, chez Proust, de l'agencement des parties entre elles, encore que certains critiques fassent grand cas de la *composition* de *La Recherche du temps perdu*. Dans chaque partie, un minimum de pierres d'attente est ménagé pour se mortaiser à la partie voisine ; la densité, la solidité intrinsèque du matériau, traité par blocs puissants, sont suffisantes pour que la juxtaposition suffise à l'équilibre, comme dans ces murailles arachnéennes de moellons bruts qui tiennent debout par simple empilement, sans ciment interstitiel. L'enchaînement chronologique reste des plus vagues. En fait, cet écoulement temporel semble chez Proust dépendre directement de la densité de la substance romanesque qu'il charrie : rapide quand le récit se démeuble, englué et presque arrêté quand il se sature d'un magma de réflexions, d'impressions, de souvenirs, au point de s'engorger et de donner l'impression, tant il s'est chargé d'un excès d'éléments en dissolution, qu'il va prendre d'un moment à l'autre comme une gelée. Chaque fois que je rouvre *La Recherche du temps perdu*, je suis davantage sensible à la primauté du matériau sur l'architecture, du tissu cellulaire sur l'organe différencié, de la densité de la coulée verbale sur l'espace d'air libre concédé aux personnages, de la durée concrète de la lecture sur le temps figuré du récit[1]. »

Souvent, les partisans d'une lecture non romanesque de *La Recherche* vont même jusqu'à affirmer qu'on peut y butiner au hasard. C'est un peu excessif. On y perd beaucoup du relief des passages concernés, et surtout de cette familiarité progressive avec l'univers du narrateur qui fait le charme de cette maison que l'on a décidé d'habiter. Mais s'arrêter çà et là tout en suivant le fil du texte aux endroits que l'on préfère ne paraît pas antinomique avec le projet proustien.

C'est même une manière de mettre en relief la modernité de Proust. Quand il évoque un personnage qui intervient de façon sporadique dans *La Recherche*, comme la marquise de Cambremer, les

1. Julien Gracq, *Proust, suivi de Stendhal, Balzac, Flaubert, Zola*, Éditions Complexe, Paris, 1986.

contraintes du genre romanesque l'obligent à justifier sa présence dans le récit. Mais le snobisme de Mme de Cambremer devient complètement transposable, applicable à des personnes que nous reconnaissons aujourd'hui, quand il surgit *ex abrupto*, avec ce petit claquement de la langue qui fustige le narrateur, coupable d'avoir comparé un coucher de soleil à un tableau de Poussin – la vieille marquise ne prétend voir qu'avec les yeux de Monet, entendre qu'avec les oreilles de Debussy. Mais il suffit au narrateur de témoigner de l'admiration de Degas pour Poussin pour que cette arrogance soit ébranlée. On voit sans peine par quels patronymes il faudrait de nos jours remplacer les noms de tous les créateurs qu'elle évoque pour rajeunir sa pensée. Il en va de même pour le sourire de la duchesse de Guermantes, isolé de toute sa vie aristocratique, et si finement analysé qu'il nous semble le voir ou plutôt le revoir. Mme de Guermantes feint de sourire aux autres, au pseudo-étonnement qu'elle a d'apercevoir les autres – en fait, elle ne sourit qu'à elle-même, à l'éclat de sa beauté magnifié par son sourire et dont le regard des autres n'est que le reflet. Mais Proust nous entraîne jusqu'à une lucidité drôle et cruelle, que nous ne manquerons pas de pratiquer à notre tour, quand il débusque l'instant précis où la duchesse *allume la lumière*.

Je me souviens d'une émission télévisée consacrée aux lecteurs de Marcel Proust. On voit déjà le statut de l'auteur. On n'imaginerait pas une émission entière consacrée à un autre écrivain… Tous les participants – issus au demeurant de milieux très divers – ne parlaient que d'une seule œuvre : *La Recherche*. Proust est l'homme des paradoxes. Ses lecteurs les plus fervents passent en général sous silence le premier d'entre eux : tous les autres écrits de Proust sont tellement éloignés de la magie de *La Recherche* qu'ils constituent une sorte de repoussoir décevant et nécessaire – c'est une œuvre, que l'on admire, pas un homme. En cela, la thèse du *Contre Sainte-Beuve*[1] est confirmée, mais c'est tellement mieux dit dans *La Recherche*, qui n'est pas une thèse. Le pire est la *Correspondance* : un tissu d'affèteries, de susceptibilités mignardes, de flatteries dégoulinantes.

Un autre paradoxe est profondément triste. Avec *La Recherche*, Marcel réalise enfin l'œuvre dont sa mère eût été fière. Mais s'il en est capable, c'est que sa mère est morte. Oui, le désir de trouver le sommeil vous réveille, oui on est amoureux parce que l'autre ne vous aime pas, oui l'écrivain Bergotte

1. La thèse de Sainte-Beuve consiste à affirmer qu'on ne comprend l'œuvre d'un auteur qu'en connaissant sa vie et sa personnalité.

maigrit parce que son médecin lui donne un régime pour grossir.

Un autre paradoxe me ravit, et a sans doute légitimé mon désir d'écrire. Dans ce roman immense, et dont les phrases elles-mêmes sont si longues, tout ce qui est essentiel a droit à l'adjectif *petit*. La petite madeleine, la petite phrase de la sonate de Vinteuil, le petit pan de mur jaune de Vermeer, et, à l'avant-dernière page du livre, la petite sonnette du jardin de Combray, qui n'a jamais cessé de tinter dans l'oreille du narrateur – Swann est enfin parti, la maman va monter, sera-t-elle fâchée, ou donnera-t-elle le baiser qui fait tout le prix de ce monde ? Les signes essentiels sont de l'ordre de l'infime. Et tout est fractal. Dans un atome de neige il y a toute la neige. *La Recherche* est un recueil de textes courts.

Il y a un narrateur. Un *je*. Ce *je* est différent de tous ceux que l'on peut trouver dans les romans. Il ne s'agit pas de se sentir concerné par une pensée, par une rêverie, par une action. Dès les premières pages, c'est un *je* qui nous rejoint à toutes les époques de notre vie, un *je* infiniment plus vertical qu'horizontal, un *je* qui joue de la fiction pour échapper à toute fiction. Il y a un *nous* aussi, un *nous* dont nous acceptons le partage et les sentences parce que nous avons été conquis, traversés par le *je*. Et enfin, une fois, une seule fois dans tout le roman, il y a un « chaque personne ». C'est à la fin du passage sans doute le plus bouleversant, juste avant la mort de la grand-mère – et nous savons bien qu'il s'agit en fait de la mort de la mère. Car le narrateur est à ce moment transparent.

Il est absolument Marcel Proust quand il écrit : « Chaque personne est bien seule. » C'est une des phrases les plus courtes de *La Recherche*. Et c'est sans doute celle qui résonne en nous le plus longtemps.

Qu'aurait pensé Proust de l'indéfini *on* que j'utilise exclusivement dans *La Première Gorgée de bière*, et dans la plupart de mes textes courts ? À son époque, le *on* n'existait pas, et longtemps après Proust les grammairiens en refusaient l'usage écrit, ne le concevaient pas comme une proposition possible de partage. Pourtant j'ai vécu ce *on* comme venu de Proust, et contenant son *je*, son *nous*, et puis surtout *chaque personne*.

Le mot Brabant est mordoré

« À Combray, tous les jours dès la fin de l'après-midi, longtemps avant le moment où il faudrait me mettre au lit et rester, sans dormir, loin de ma mère et de ma grand-mère, ma chambre à coucher redevenait le point fixe et douloureux de mes préoccupations. On avait bien inventé, pour me distraire les soirs où on me trouvait l'air trop malheureux, de me donner une lanterne magique, dont, en attendant l'heure du dîner, on coiffait ma lampe ; et, à l'instar des premiers architectes et maîtres verriers de l'âge gothique, elle substituait à l'opacité des murs d'impalpables irisations, de surnaturelles apparitions multicolores, où des légendes étaient dépeintes comme dans un vitrail vacillant et momentané. Mais ma tristesse n'en était qu'accrue, parce que rien que le changement d'éclairage détruisait l'habitude que j'avais de ma chambre et grâce à quoi, sauf le supplice du coucher, elle m'était devenue supportable. Maintenant je ne la reconnaissais plus et j'y étais inquiet, comme dans une chambre d'hôtel ou de "chalet", où je fusse arrivé pour la première fois en descendant de chemin de fer.

Au pas saccadé de son cheval, Golo, plein d'un affreux dessein, sortait de la petite forêt triangulaire qui veloutait d'un vert sombre la pente d'une colline, et s'avançait en tressautant vers le château de la pauvre Geneviève de Brabant. Ce château était coupé selon une ligne courbe qui n'était autre que la limite d'un des ovales de verre ménagés dans le châssis qu'on glissait entre les coulisses de la lanterne. Ce n'était qu'un pan de château et il avait devant lui une lande où rêvait Geneviève qui portait une ceinture bleue. Le château et la lande étaient jaunes et je n'avais pas attendu de les voir pour connaître leur couleur car, avant les verres du châssis, la sonorité mordorée du nom de Brabant me l'avait montrée avec évidence. Golo s'arrêtait un instant pour écouter avec tristesse le boniment lu à haute voix par ma grand-tante et qu'il avait l'air de comprendre parfaitement, conformant son attitude avec une docilité qui n'excluait pas une certaine majesté, aux indications du texte ; puis il s'éloignait du même pas saccadé. Et rien ne pouvait arrêter sa lente chevauchée. Si on bougeait la lanterne, je distinguais le cheval de Golo qui continuait à s'avancer sur les rideaux de la fenêtre, se bombant de leurs plis, descendant dans leurs fentes. Le corps de Golo lui-même, d'une essence aussi surnaturelle que celui de sa monture, s'arrangeait de tout obstacle matériel, de tout objet gênant qu'il rencontrait en le prenant comme ossature et en se le rendant intérieur, fût-ce le bouton de la porte sur lequel s'adaptait aussitôt et surnageait invinciblement sa robe rouge ou sa figure pâle toujours aussi noble et aussi mélancolique, mais qui ne laissait paraître aucun trouble de cette transvertébration. »

Du côté de chez Swann, « Combray I »

« La sonorité mordorée du nom de Brabant me l'avait montrée avec évidence. » Il y a eu les *Voyelles* de Rimbaud, « A noir, E blanc, I rouge ». Il y a eu surtout les correspondances de Baudelaire, « Les parfums, les couleurs et les sons se répondent ». Ce sonnet commence toutefois avec une emphase qui paraît presque à l'opposé de son sujet :

La nature est un temple où de vivants piliers…

Surtout, sa mise en pratique nous paraît aujourd'hui stéréotypée :

Il est des parfums frais comme des chairs d'enfant,
Doux comme les hautbois, verts comme les prairies…

Proust est beaucoup moins didactique en apparence, et plus impérieux. Il ne présente pas une thèse, mais affirme une équation : Brabant = mordoré = évidence.

Rien à justifier : c'est le narrateur qui pense ainsi. Vous avez le droit de rester hors-jeu. De refuser les évidences.

Petite Madeleine majuscule

« Il y avait déjà bien des années que, de Combray, tout ce qui n'était pas le théâtre et le drame de mon coucher, n'existait plus pour moi, quand un jour d'hiver, comme je rentrais à la maison, ma mère, voyant que j'avais froid, me proposa de me faire prendre, contre mon habitude, un peu de thé. Je refusai d'abord et, je ne sais pourquoi, me ravisai. Elle envoya chercher un de ces gâteaux courts et dodus appelés Petites Madeleines qui semblent avoir été moulés dans la valve rainurée d'une coquille de Saint-Jacques. Et bientôt, machinalement, accablé par la morne journée et la perspective d'un triste lendemain, je portai à mes lèvres une cuillerée du thé où j'avais laissé s'amollir un morceau de madeleine. Mais à l'instant même où la gorgée mêlée des miettes du gâteau toucha mon palais, je tressaillis, attentif à ce qui se passait d'extraordinaire en moi. Un plaisir délicieux m'avait envahi, isolé, sans la notion de sa cause. Il m'avait aussitôt rendu les vicissitudes de la vie indifférentes, ses désastres inoffensifs, sa brièveté illusoire, de la même façon qu'opère l'amour, en me remplissant d'une essence précieuse : ou plutôt cette essence n'était pas en moi, elle était moi. J'avais cessé de me sentir médiocre, contingent, mortel. D'où avait pu me venir cette puissante joie ? Je sentais qu'elle était liée au goût du thé et du gâteau, mais qu'elle le dépassait infiniment, ne devait pas être de même nature. D'où venait-elle ? Que signifiait-elle ? Où l'appréhender ? Je bois une seconde gorgée où je ne trouve rien de plus que dans la première, une troisième qui m'apporte un peu moins que la seconde. Il est temps que je m'arrête, la vertu du breuvage semble diminuer. Il est clair que la vérité que je cherche n'est pas en lui, mais en moi. Il l'y a éveillée, mais ne la connaît pas, et ne peut que répéter indéfiniment, avec de moins en moins de force, ce même témoignage que je ne sais pas interpréter et que je veux au moins pouvoir lui redemander et retrouver intact, à ma disposition, tout à l'heure, pour un éclaircissement décisif. Je pose la tasse et me tourne vers mon esprit. C'est à lui de trouver la vérité.

Mais comment ? Grave incertitude, toutes les fois que l'esprit se sent dépassé par lui-même ; quand lui, le chercheur, est tout ensemble le pays obscur où il doit chercher et où tout son bagage ne lui sera de rien. Chercher ? pas seulement : créer. Il est en face de quelque chose qui n'est pas encore et que seul il peut réaliser, puis faire entrer dans sa lumière.

Et je recommence à me demander quel pouvait être cet état inconnu, qui n'apportait aucune preuve logique, mais l'évidence de sa félicité, de sa réalité devant laquelle les autres s'évanouissaient. Je veux essayer de le faire réapparaître. Je rétrograde par la pensée au moment où je pris la première cuillerée de thé. Je retrouve le même état, sans une clarté nouvelle. Je demande à mon esprit un effort de plus, de ramener encore une fois la sensation qui s'enfuit. Et, pour que rien ne brise l'élan dont il va tâcher de la ressaisir, j'écarte tout obstacle, toute idée étrangère, j'abrite mes oreilles et mon attention contre les bruits de la chambre voisine. Mais sentant mon esprit qui se fatigue sans réussir, je le force au contraire à prendre cette distraction que je lui refusais, à penser à autre chose, à se refaire avant une tentative suprême. Puis une deuxième fois, je fais le vide devant lui, je remets en face de lui la saveur encore récente de cette première gorgée et je sens tressaillir en moi quelque chose qui se déplace, voudrait s'élever, quelque chose qu'on aurait désancré, à une grande profondeur ; je ne sais ce que c'est, mais cela monte lentement ; j'éprouve la résistance et j'entends la rumeur des distances traversées.

Certes, ce qui palpite ainsi au fond de moi, ce doit être l'image, le souvenir visuel, qui, lié à cette saveur, tente de la suivre jusqu'à moi. Mais il se débat trop loin, trop confusément ; à peine si je perçois le reflet neutre où se confond l'insaisissable tourbillon des couleurs remuées ; mais je ne peux distinguer la forme, lui demander, comme au seul interprète possible, de me traduire le témoignage de sa contemporaine, de son inséparable compagne, la saveur, lui demander de m'apprendre de quelle circonstance particulière, de quelle époque du passé il s'agit.

Arrivera-t-il jusqu'à la surface de ma claire conscience, ce souvenir, l'instant ancien que l'attraction d'un instant identique est venue de si loin solliciter, émouvoir, soulever tout au fond de moi ? Je ne sais. Maintenant je ne sens plus rien, il est arrêté, redescendu peut-être ; qui sait s'il remontera jamais de sa nuit ? Dix fois il me faut recommencer, me pencher vers lui. Et chaque fois la lâcheté qui nous détourne de toute tâche difficile, de toute œuvre importante, m'a conseillé de laisser cela, de boire mon thé en pensant simplement à mes ennuis d'aujourd'hui, à mes désirs de demain qui se laissent remâcher sans peine.

Et tout d'un coup le souvenir m'est apparu. Ce goût c'était celui du petit morceau de madeleine que le dimanche matin à Combray (parce que ce jour-là je ne sortais pas avant l'heure de la messe), quand j'allais lui dire bonjour dans sa chambre, ma tante Léonie m'offrait après l'avoir trempé dans son infusion de thé ou de tilleul. La vue de la petite madeleine ne m'avait rien rappelé avant que je n'y eusse goûté ; peut-être parce que, en ayant souvent aperçu depuis, sans en manger, sur les tablettes des pâtissiers, leur image avait quitté ces jours de Combray pour se lier à d'autres plus récents ; peut-être parce que de ces souvenirs abandonnés si longtemps hors de la mémoire, rien ne survivait, tout s'était désagrégé ; les formes – et celle aussi du petit coquillage de pâtisserie, si grassement sensuel, sous son plissage sévère et dévot – s'étaient abolies, ou, ensommeillées, avaient perdu la force d'expansion qui leur eût permis de rejoindre la conscience. Mais, quand d'un passé ancien rien ne subsiste, après la mort des êtres, après la destruction des choses, seules, plus frêles mais plus vivaces, plus immatérielles, plus persistantes, plus fidèles, l'odeur et la saveur restent encore longtemps, comme des âmes, à se rappeler, à attendre, à espérer, sur la ruine de tout le reste, à porter sans fléchir, sur leur gouttelette presque impalpable, l'édifice immense du souvenir. »

Du côté de chez Swann, « Combray I »

Il faut rendre leurs majuscules aux petites madeleines, ou plutôt aux Petites Madeleines. Car c'est ainsi qu'elles s'écrivent à leur première occurrence dans ce passage – peut-être le passage le plus célèbre de toutes les littératures de tous les temps. Tout compte dans ces premières lignes. Le rapport entre le narrateur devenu grand mais toujours bichonné par sa mère, inquiète d'un possible coup de froid et lui proposant *contre son habitude* un peu de thé. Si le thé avait été une habitude, il ne se serait rien passé. La résistance du narrateur et son acceptation *je ne sais pourquoi*. Mais nous, nous savons pourquoi. Et puis, comme si c'était une fête qu'il ait accepté, ce comportement très bourgeois, le recours à un domestique : « Elle envoya chercher un de ces gâteaux courts et dodus appelés Petites Madeleines. » La première fois, elles ont donc des majuscules, comme pour donner son intensité symbolique au miracle minuscule qui fera trembler la terre, juste après.

Le dehors est dedans

« Ma tante n'habitait plus effectivement que deux chambres contiguës, restant l'après-midi dans l'une pendant qu'on aérait l'autre. C'étaient de ces chambres de province qui – de même qu'en certains pays des parties entières de l'air ou de la mer sont illuminées ou parfumées par des myriades de protozoaires que nous ne voyons pas – nous enchantent des mille odeurs qu'y dégagent les vertus, la sagesse, les habitudes, toute une vie secrète, invisible, surabondante et morale que l'atmosphère y tient en suspens ; odeurs naturelles encore, certes, et couleur du temps comme celles de la campagne voisine, mais déjà casanières, humaines et renfermées, gelée exquise industrieuse et limpide de tous les fruits de l'année qui ont quitté le verger pour l'armoire ; saisonnières, mais mobilières et domestiques, corrigeant le piquant de la gelée blanche par la douceur du pain chaud, oisives et ponctuelles comme une horloge de village, flâneuses et rangées, insoucieuses et prévoyantes, lingères, matinales, dévotes, heureuses d'une paix qui n'apporte qu'un surcroît d'anxiété et d'un prosaïsme qui sert de grand réservoir de poésie à celui qui la traverse sans y avoir vécu. L'air y était saturé de la fine fleur d'un silence si nourricier, si succulent que je ne m'y avançais qu'avec une sorte de gourmandise, surtout par ces premiers matins encore froids de la semaine de Pâques où je le goûtais mieux parce que je venais seulement d'arriver à Combray : avant que j'entrasse souhaiter le bonjour à ma tante on me faisait attendre un instant, dans la première pièce où le soleil, d'hiver encore, était venu se mettre au chaud devant le feu, déjà allumé entre les deux briques et qui badigeonnait toute la chambre d'une odeur de suie, en faisait comme un de ces grands "devants de four" de campagne, ou de ces manteaux de cheminée de châteaux, sous lesquels on souhaite que se déclarent dehors la pluie, la neige, même quelque catastrophe diluvienne pour ajouter au confort de la réclusion la poésie de l'hivernage ; je faisais quelques pas du prie-Dieu aux fauteuils en velours frappé, toujours revêtus d'un appui-tête au crochet ;

et le feu cuisant comme une pâte les appétissantes odeurs dont l'air de la chambre était tout grumeleux et qu'avait déjà fait travailler et "lever" la fraîcheur humide et ensoleillée du matin, il les feuilletait, les dorait, les godait, les boursouflait, en faisant un invisible et palpable gâteau provincial, un immense "chausson" où, à peine goûtés les arômes plus croustillants, plus fins, plus réputés, mais plus secs aussi du placard, de la commode, du papier à ramages, je revenais toujours avec une convoitise inavouée m'engluer dans l'odeur médiane, poisseuse, fade, indigeste et fruitée du couvre-lit à fleurs. »

Du côté de chez Swann, « Combray II »

« Gelée exquise industrieuse et limpide de tous les fruits de l'année qui ont quitté le verger pour l'armoire. » Le pouvoir poétique des deux chambres de la tante Léonie vient du dehors. C'est l'un des paradoxes les plus séduisants de toute *La Recherche*. Sempiternelle valétudinaire, Léonie est l'incarnation du dedans, d'une vie confinée, derrière la vitre. Son armoire ne contient pas de pots de gelée – Françoise a dû plutôt les ranger dans l'arrière-cuisine. Mais son décor et la vie de Léonie elle-même *sont* une gelée, et cette métaphore dit tout le pouvoir des vieilles maisons provinciales. L'enfermement est une sublimation du verger. Les fruits sont là, au bout d'une alchimie, dans une transparence en abyme, celle de la confiture et celle de leur paroi de verre. Les choses et les gens sont le contraire de ce qu'ils sont.

Véritables vertèbres

« Dans la chambre voisine, j'entendais ma tante qui causait toute seule à mi-voix. Elle ne parlait jamais qu'assez bas parce qu'elle croyait avoir dans la tête quelque chose de cassé et de flottant qu'elle eût déplacé en parlant trop fort, mais elle ne restait jamais longtemps, même seule, sans dire quelque chose, parce qu'elle croyait que c'était salutaire pour sa gorge et qu'en empêchant le sang de s'y arrêter, cela rendrait moins fréquents les étouffements et les angoisses dont elle souffrait ; puis, dans l'inertie absolue où elle vivait, elle prêtait à ses moindres sensations une importance extraordinaire ; elle les douait d'une motilité qui lui rendait difficile de les garder pour elle, et à défaut de confident à qui les communiquer, elle se les annonçait à elle-même, en un perpétuel monologue qui était sa seule forme d'activité. Malheureusement, ayant pris l'habitude de penser tout haut, elle ne faisait pas toujours attention à ce qu'il n'y eût personne dans la chambre voisine, et je l'entendais souvent se dire à elle-même : "Il faut que je me rappelle bien que je n'ai pas dormi" (car ne jamais dormir était sa grande prétention dont notre langage à tous gardait le respect et la trace : le matin Françoise ne venait pas "l'éveiller", mais "entrait" chez elle ; quand ma tante voulait faire un somme dans la journée, on disait qu'elle voulait "réfléchir" ou "reposer" ; et quand il lui arrivait de s'oublier en causant jusqu'à dire : "ce qui m'a réveillée" ou "j'ai rêvé que", elle rougissait et se reprenait au plus vite).

Au bout d'un moment, j'entrais l'embrasser ; Françoise faisait infuser son thé ; ou, si ma tante se sentait agitée, elle demandait à la place sa tisane et c'était moi qui étais chargé de faire tomber du sac de pharmacie dans une assiette la quantité de tilleul qu'il fallait mettre ensuite dans l'eau bouillante. Le dessèchement des tiges les avait incurvées en un capricieux treillage dans les entrelacs duquel s'ouvraient les fleurs pâles, comme si un peintre les eût arrangées, les eût fait poser de la façon la plus ornementale. Les feuilles, ayant perdu ou changé leur aspect, avaient l'air des choses les plus disparates, d'une aile transparente de mouche, de l'envers blanc d'une étiquette, d'un pétale de rose, mais qui eussent été empilées, concassées ou tressées comme dans la confection d'un nid. Mille petits détails inutiles – charmante prodigalité du pharmacien – qu'on eût supprimés dans une préparation factice, me donnaient, comme un livre où on s'émerveille de rencontrer le nom d'une personne de connaissance, le plaisir de comprendre que c'était bien des tiges de vrais tilleuls, comme ceux que je voyais avenue de la Gare, modifiées, justement parce que c'étaient non des doubles, mais elles-mêmes et qu'elles avaient vieilli. Et chaque caractère nouveau n'y étant que la métamorphose d'un caractère ancien, dans de petites boules grises je reconnaissais les boutons verts qui ne sont pas venus à terme ; mais surtout l'éclat rose, lunaire et doux qui faisait se détacher les fleurs dans la forêt fragile des tiges où elles étaient suspendues comme de petites roses d'or – signe, comme la lueur qui révèle encore sur une muraille la place d'une fresque effacée, de la différence entre les parties de l'arbre qui avaient été "en couleur" et celles qui ne l'avaient pas été – me montrait que ces pétales étaient bien ceux qui avant de fleurir le sac de pharmacie avaient embaumé les soirs de printemps. Cette flamme rose de cierge, c'était leur couleur encore, mais à demi éteinte et assoupie dans cette vie diminuée qu'était la leur maintenant et qui est comme le crépuscule des fleurs. Bientôt ma tante pouvait tremper dans l'infusion bouillante dont elle savourait le goût de feuille morte ou de fleur fanée une petite madeleine dont elle me tendait un morceau quand il était suffisamment amolli.

D'un côté de son lit étaient une grande commode jaune en bois de citronnier et une table qui tenait à la fois de l'officine et du maître-autel, où, au-dessous d'une statuette de la Vierge et d'une bouteille de Vichy-Célestins, on trouvait des livres de messe et des ordonnances de médicaments, tout ce qu'il fallait pour suivre de son lit les offices et son régime, pour ne manquer l'heure ni de la pepsine, ni des Vêpres. De l'autre côté, son lit longeait la fenêtre, elle avait la rue sous les yeux et y lisait du matin au soir, pour se désennuyer, à la façon des princes persans, la chronique quotidienne mais immémoriale de Combray, qu'elle commentait ensuite avec Françoise.

Je n'étais pas avec ma tante depuis cinq minutes, qu'elle me renvoyait par peur que je la fatigue. Elle tendait à mes lèvres son triste front pâle et fade sur lequel, à cette heure matinale, elle n'avait pas encore arrangé ses faux cheveux, où les vertèbres transparaissaient comme les pointes d'une couronne d'épines ou les grains d'un rosaire, et elle me disait : "Allons, mon pauvre enfant, va-t'en, va te préparer pour la messe ; et si en bas tu rencontres Françoise, dis-lui de ne pas s'amuser trop longtemps avec vous, qu'elle monte bientôt voir si je n'ai besoin de rien." »

Du côté de chez Swann, « Combray II »

Où il est question d'une certaine madeleine, partagée avec la tante Léonie. Où il est question de *vertèbres* aussi. Des vertèbres qui ont également leur place dans l'histoire de la littérature. Parce que la phrase de Proust ainsi imprimée ne veut rigoureusement rien dire : « Elle tendait à mes lèvres son triste front pâle et fade sur lequel, à cette heure matinale, elle n'avait pas encore arrangé ses faux cheveux, où les vertèbres transparaissaient... » Assumant courageusement le refus de *Du côté de chez Swann* par la maison Gallimard, André Gide dira qu'il avait été choqué par cette phrase inepte. Les analystes les plus subtils de *La Recherche* se tortureront l'esprit pour donner à ces mots une signification... tirée par les cheveux, on l'imagine. Jusqu'au jour où une universitaire travaillant sur le manuscrit, presque illisible avec ses ratures et ses rajouts de paperoles, aura la révélation : le mot n'est pas *vertèbres*, mais *véritables*. *C'est évident*. Pourtant, toutes les rééditions de Proust conserveront leurs *vertèbres*. Et c'est comme un hommage ultime : ce texte, d'abord refusé, est devenu tellement sacré qu'on le vénère jusque dans ses aberrations.

Aller au bout de l'indicible

« Mlle Vinteuil frémit et se leva. Son cœur scrupuleux et sensible ignorait quelles paroles devaient spontanément venir s'adapter à la scène que ses sens réclamaient. Elle cherchait le plus loin qu'elle pouvait de sa vraie nature morale, à trouver le langage propre à la fille vicieuse qu'elle désirait d'être, mais les mots qu'elle pensait que celle-ci eût prononcés sincèrement lui paraissaient faux dans sa bouche. Et le peu qu'elle s'en permettait était dit sur un ton guindé où ses habitudes de timidité paralysaient ses velléités d'audace, et s'entremêlait de : "tu n'as pas froid, tu n'as pas trop chaud, tu n'as pas envie d'être seule et de lire ?"

"Mademoiselle me semble avoir des pensées bien lubriques, ce soir", finit-elle par dire, répétant sans doute une phrase qu'elle avait entendue autrefois dans la bouche de son amie.

Dans l'échancrure de son corsage de crêpe Mlle Vinteuil sentit que son amie piquait un baiser, elle poussa un petit cri, s'échappa, et elles se poursuivirent en sautant, faisant voleter leurs larges manches comme des ailes et gloussant et piaillant comme des oiseaux amoureux. Puis Mlle Vinteuil finit par tomber sur le canapé, recouverte par le corps de son amie. Mais celle-ci tournait le dos à la petite table sur laquelle était placé le portrait de l'ancien professeur de piano. Mlle Vinteuil comprit que son amie ne le verrait pas si elle n'attirait pas sur lui son attention, et elle lui dit, comme si elle venait seulement de le remarquer :

"Oh ! ce portrait de mon père qui nous regarde, je ne sais pas qui a pu le mettre là, j'ai pourtant dit vingt fois que ce n'était pas sa place."

Je me souvins que c'étaient les mots que M. Vinteuil avait dits à mon père à propos du morceau de musique. Ce portrait leur servait sans doute habituellement pour des profanations rituelles, car son amie lui répondit par ces paroles qui devaient faire partie de ses réponses liturgiques :

"Mais laisse-le donc où il est, il n'est plus là pour nous embêter. Crois-tu qu'il pleurnicherait, qu'il voudrait te mettre ton manteau, s'il te voyait là, la fenêtre ouverte, le vilain singe."

Mlle Vinteuil répondit par des paroles de doux reproche : "Voyons, voyons", qui prouvaient la bonté de sa nature, non qu'elles fussent dictées par l'indignation que cette façon de parler de son père eût pu lui causer (évidemment c'était là un sentiment qu'elle s'était habituée, à l'aide de quels sophismes ? à faire taire en elle dans ces minutes-là), mais parce qu'elles étaient comme un frein que pour ne pas se montrer égoïste elle mettait elle-même au plaisir que son amie cherchait à lui procurer. Et puis cette modération souriante en répondant à ces blasphèmes, ce reproche hypocrite et tendre, paraissaient peut-être à sa nature franche et bonne, une forme particulièrement infâme, une forme doucereuse de cette scélératesse qu'elle cherchait à s'assimiler. Mais elle ne put résister à l'attrait du plaisir qu'elle éprouverait à être traitée avec douceur par une personne si implacable envers un mort sans défense ; elle sauta sur les genoux de son amie, et lui tendit chastement son front à baiser comme elle aurait pu faire si elle avait été sa fille, sentant avec délices qu'elles allaient ainsi toutes deux au bout de la cruauté en ravissant à M. Vinteuil, jusque dans le tombeau, sa paternité. Son amie lui prit la tête entre ses mains et lui déposa un baiser sur le front avec cette docilité que lui rendaient facile la grande affection qu'elle avait pour Mlle Vinteuil et le désir de mettre quelque distraction dans la vie si triste maintenant de l'orpheline.

"Sais-tu ce que j'ai envie de lui faire à cette vieille horreur ?" dit-elle en prenant le portrait.

Et elle murmura à l'oreille de Mlle Vinteuil quelque chose que je ne pus entendre.

"Oh ! tu n'oserais pas.

– Je n'oserais pas cracher dessus ? sur *ça* ?" dit l'amie avec une brutalité voulue.

Je n'en entendis pas davantage, car Mlle Vinteuil, d'un air las, gauche, affairé, honnête et triste vint fermer les volets et la fenêtre, mais je savais maintenant, pour toutes les souffrances que pendant sa vie M. Vinteuil avait supportées à cause de sa fille, ce qu'après la mort il avait reçu d'elle en salaire. »

Du côté de chez Swann, « Combray II »

Cette scène de lesbianisme mais surtout de sadisme intervient tôt dans *La Recherche*. Elle est d'une audace incroyable. La position physique du narrateur qui en est le témoin est acrobatiquement justifiée : « Je m'étais étendu à l'ombre et endormi dans les buissons du talus qui domine la maison. »

C'est un spectacle singulier. Proust l'accompagne d'un étonnant registre religieux, évoque de probables « profanations rituelles », et tient à présenter Mlle Vinteuil comme ayant *un cœur scrupuleux et sensible*.

C'est le récit d'un voyeur de hasard, en apparence. Mais il y a une tension, un enjeu, voire une gêne palpables. Il s'agit à l'évidence d'une transposition. Proust tient à dire cette scène, et sans doute à confier un remords. Des témoignages venant de compagnons d'Agostinelli, le chauffeur-amant de l'auteur, l'Albertine présumée de *La Recherche*, évoquent des scènes équivalentes : un rituel érotique de Proust pratiqué devant des photos amoncelées sur une table, parmi lesquelles des photos de sa mère décédée.

Le roman qui n'en est pas un

« Combien depuis ce jour, dans mes promenades du côté de Guermantes, il me parut plus affligeant encore qu'auparavant de n'avoir pas de dispositions pour les lettres, et de devoir renoncer à être jamais un écrivain célèbre. Les regrets que j'en éprouvais, tandis que je restais seul à rêver un peu à l'écart, me faisaient tant souffrir, que pour ne plus les ressentir, de lui-même par une sorte d'inhibition devant la douleur, mon esprit s'arrêtait entièrement de penser aux vers, aux romans, à un avenir poétique sur lequel mon manque de talent m'interdisait de compter. Alors, bien en dehors de toutes ces préoccupations littéraires et ne s'y rattachant en rien, tout d'un coup un toit, un reflet de soleil sur une pierre, l'odeur d'un chemin me faisaient arrêter par un plaisir particulier qu'ils me donnaient, et aussi parce qu'ils avaient l'air de cacher au-delà de ce que je voyais, quelque chose qu'ils invitaient à venir prendre et que malgré mes efforts je n'arrivais pas à découvrir. Comme je sentais que cela se trouvait en eux, je restais là, immobile, à regarder, à respirer, à tâcher d'aller avec ma pensée au-delà de l'image ou de l'odeur. Et s'il me fallait rattraper mon grand-père, poursuivre ma route, je cherchais à les retrouver, en fermant les yeux ; je m'attachais à me rappeler exactement la ligne du toit, la nuance de la pierre qui, sans que je pusse comprendre pourquoi, m'avaient semblé pleines, prêtes à s'entrouvrir, à me livrer ce dont elles n'étaient qu'un couvercle. Certes ce n'était pas des impressions de ce genre qui pouvaient me rendre l'espérance que j'avais perdue de pouvoir être un jour écrivain et poète, car elles étaient toujours liées à un objet particulier dépourvu de valeur intellectuelle et ne se rapportant à aucune vérité abstraite. Mais du moins elles me donnaient un plaisir irraisonné, l'illusion d'une sorte de fécondité et par là me distrayaient de l'ennui, du sentiment de mon impuissance que j'avais éprouvés chaque fois que j'avais cherché un sujet philosophique pour une grande œuvre littéraire. Mais le devoir de conscience était si ardu que m'imposaient ces impressions de forme, de parfum ou de couleur – de tâcher d'apercevoir ce qui se cachait derrière elles, que je ne tardais pas à me chercher à moi-même des excuses qui me permissent de me dérober à ces efforts et de m'épargner cette fatigue. Par bonheur mes parents m'appelaient, je sentais que je n'avais pas présentement la tranquillité nécessaire pour poursuivre utilement ma recherche, et qu'il valait mieux n'y plus penser jusqu'à ce que je fusse rentré, et ne pas me fatiguer d'avance sans résultat. Alors je ne m'occupais plus de cette chose inconnue qui s'enveloppait d'une forme ou d'un parfum, bien tranquille puisque je la ramenais à la maison, protégée par le revêtement d'images sous lesquelles je la trouverais vivante, comme les poissons que les jours où on m'avait laissé aller à la pêche, je rapportais dans mon panier couverts par une couche d'herbe qui préservait leur fraîcheur. »

Du côté de chez Swann, « Combray II »

La Recherche du temps perdu est un roman. Son sujet est des plus minces. C'est l'histoire de quelqu'un qui n'arrive pas à écrire un roman. Tous les rêves de création littéraire du narrateur ne débouchent que sur du vide. C'est seulement quand il les abandonne que le monde se met à lui parler, que des signes en apparence complètement extérieurs à lui-même se révèlent, et semblent l'interroger. « Un toit, un reflet de soleil sur une pierre, l'odeur d'un chemin. » Plus la moindre idée – la sensation de devenir des choses. Une réponse que l'on pourrait approcher parce qu'on a renoncé à poser la question.

Caché dans la foule

« Aussi le côté de Méséglise et le côté de Guermantes restent-ils pour moi liés à bien des petits événements de celle de toutes les diverses vies que nous menons parallèlement, qui est la plus pleine de péripéties, la plus riche en épisodes, je veux dire la vie intellectuelle. Sans doute elle progresse en nous insensiblement et les vérités qui en ont changé pour nous le sens et l'aspect, qui nous ont ouvert de nouveaux chemins, nous en préparions depuis longtemps la découverte ; mais c'était sans le savoir ; et elles ne datent pour nous que du jour, de la minute où elles nous sont devenues visibles. Les fleurs qui jouaient alors sur l'herbe, l'eau qui passait au soleil, tout le paysage qui environna leur apparition continue à accompagner leur souvenir de son visage inconscient ou distrait ; et certes quand ils étaient longuement contemplés par cet humble passant, par cet enfant qui rêvait – comme l'est un roi, par un mémorialiste perdu dans la foule –, ce coin de nature, ce bout de jardin n'eussent pu penser que ce serait grâce à lui qu'ils seraient appelés à survivre en leurs particularités les plus éphémères ; et pourtant ce parfum d'aubépine qui butine le long de la haie où les églantiers le remplaceront bientôt, un bruit de pas sans écho sur le gravier d'une allée, une bulle formée contre une plante aquatique par l'eau de la rivière et qui crève aussitôt, mon exaltation les a portés et a réussi à leur faire traverser tant d'années successives, tandis qu'alentour les chemins se sont effacés et que sont morts ceux qui les foulèrent et le souvenir de ceux qui les foulèrent. Parfois ce morceau de paysage amené ainsi jusqu'à aujourd'hui se détache si isolé de tout, qu'il flotte incertain dans ma pensée comme une Délos fleurie, sans que je puisse dire de quel pays, de quel temps – peut-être tout simplement de quel rêve – il vient. Mais c'est surtout comme à des gisements profonds de mon sol mental, comme aux terrains résistants sur lesquels je m'appuie encore, que je dois penser au côté de Méséglise et au côté de Guermantes. C'est parce que je croyais aux choses, aux êtres, tandis que je les parcourais, que les choses, les êtres qu'ils m'ont fait connaître, sont les seuls que je prenne encore au sérieux et qui me donnent encore de la joie. »

Du côté de chez Swann, « Combray II »

Les choses de l'enfance contemplées « comme l'est un roi, par un mémorialiste perdu dans la foule ». Mais un mémorialiste qui n'aurait pas conscience d'être un mémorialiste. Un mémorialiste invisible en tant que tel aux yeux des autres, et à ses propres yeux. Grave, pénétré par la nécessité de regarder sans but. Un enfant qui contemple au point de s'imprégner de manière indélébile de tout ce qui lui semble fascinant et indicible. Un écrivain.

La finesse expectante du docteur Cottard

« Le docteur Cottard ne savait jamais d'une façon certaine de quel ton il devait répondre à quelqu'un, si son interlocuteur voulait rire ou était sérieux. Et à tout hasard il ajoutait à toutes ses expressions de physionomie l'offre d'un sourire conditionnel et provisoire dont la finesse expectante le disculperait du reproche de naïveté, si le propos qu'on lui avait tenu se trouvait avoir été facétieux. Mais comme pour faire face à l'hypothèse opposée il n'osait pas laisser ce sourire s'affirmer nettement sur son visage, on y voyait flotter perpétuellement une incertitude où se lisait la question qu'il n'osait pas poser : "Dites-vous cela pour de bon ?" Il n'était pas plus assuré de la façon dont il devait se comporter dans la rue, et même en général dans la vie, que dans un salon, et on le voyait opposer aux passants, aux voitures, aux événements un malicieux sourire qui ôtait d'avance à son attitude toute impropriété, puisqu'il prouvait, si elle n'était pas de mise, qu'il le savait bien et que s'il avait adopté celle-là, c'était par plaisanterie.

Sur tous les points cependant où une franche question lui semblait permise, le docteur ne se faisait pas faute de s'efforcer de restreindre le champ de ses doutes et de compléter son instruction.

C'est ainsi que, sur les conseils qu'une mère prévoyante lui avait donnés quand il avait quitté sa province, il ne laissait jamais passer soit une locution ou un nom propre qui lui étaient inconnus, sans tâcher de se faire documenter sur eux.

Pour les locutions, il était insatiable de renseignements, car, leur supposant parfois un sens plus précis qu'elles n'ont, il eût désiré savoir ce qu'on voulait dire exactement par celles qu'il entendait le plus souvent employer : la beauté du diable, du sang bleu, une vie de bâton de chaise, le quart d'heure de Rabelais, être le prince des élégances, donner carte blanche, être réduit à quia, etc., et dans quels cas déterminés il pouvait à son tour les faire figurer dans ses propos. À leur défaut, il plaçait des jeux de mots qu'il avait appris. Quant aux noms de personnes nouveaux qu'on prononçait devant lui il se contentait seulement de les répéter sur un ton interrogatif qu'il pensait suffisant pour lui valoir des explications qu'il n'aurait pas l'air de demander.

Comme le sens critique qu'il croyait exercer sur tout lui faisait complètement défaut, le raffinement de politesse qui consiste à affirmer, à quelqu'un qu'on oblige, sans souhaiter d'en être cru, que c'est à lui qu'on a obligation, était peine perdue avec lui, il prenait tout au pied de la lettre. Quel que fût l'aveuglement de Mme Verdurin à son égard, elle avait fini, tout en continuant à le trouver très fin, par être agacée de voir que quand elle l'invitait dans une avant-scène à entendre Sarah Bernhardt, lui disant, pour plus de grâce : “Vous êtes trop aimable d'être venu, Docteur, d'autant plus que je suis sûre que vous avez déjà souvent entendu Sarah Bernhardt, et puis nous sommes peut-être trop près de la scène”, le docteur Cottard qui était entré dans la loge avec un sourire qui attendait pour se préciser ou pour disparaître que quelqu'un d'autorisé le renseignât sur la valeur du spectacle, lui répondait : “En effet on est beaucoup trop près et on commence à être fatigué de Sarah Bernhardt. Mais vous m'avez exprimé le désir que je vienne. Pour moi vos désirs sont des ordres. Je suis trop heureux de vous rendre ce petit service. Que ne ferait-on pas pour vous être agréable, vous êtes si bonne !" »

Du côté de chez Swann,
« Un amour de Swann »

Les hommes ne sont pas tout d'une pièce. Et même ce qu'on appelle leur intelligence est une boule à facettes. Tout au long de *La Recherche*, le narrateur accorde au docteur Cottard une autorité lapidaire et un sens exceptionnel du diagnostic médical. Mais dans la pénétration psychologique et les joutes du langage, Cottard fait preuve d'une *finesse expectante* prudente et réversible. Une imbécillité.

Quelque chose en nous de Madame Verdurin

« Mme Verdurin était assise sur un haut siège suédois en sapin ciré, qu'un violoniste de ce pays lui avait donné et qu'elle conservait, quoiqu'il rappelât la forme d'un escabeau et jurât avec les beaux meubles anciens qu'elle avait, mais elle tenait à garder en évidence les cadeaux que les fidèles avaient l'habitude de lui faire de temps en temps, afin que les donateurs eussent le plaisir de les reconnaître quand ils venaient. Aussi tâchait-elle de persuader qu'on s'en tînt aux fleurs et aux bonbons, qui du moins se détruisent ; mais elle n'y réussissait pas et c'était chez elle une collection de chauffe-pieds, de coussins, de pendules, de paravents, de baromètres, de potiches, dans une accumulation de redites et un disparate d'étrennes.

De ce poste élevé elle participait avec entrain à la conversation des fidèles et s'égayait de leurs "fumisteries", mais depuis l'accident qui était arrivé à sa mâchoire, elle avait renoncé à prendre la peine de pouffer effectivement et se livrait à la place à une mimique conventionnelle qui signifiait, sans fatigue ni risques pour elle, qu'elle riait aux larmes. Au moindre mot que lâchait un habitué contre un ennuyeux ou contre un ancien habitué rejeté au camp des ennuyeux – et pour le plus grand désespoir de M. Verdurin qui avait eu longtemps la prétention d'être aussi aimable que sa femme, mais qui riant pour de bon s'essoufflait vite et avait été distancé et vaincu par cette ruse d'une incessante et fictive hilarité – elle poussait un petit cri, fermait entièrement ses yeux d'oiseau qu'une taie commençait à voiler, et brusquement, comme si elle n'eût eu que le temps de cacher un spectacle indécent ou de parer à un accès mortel, plongeant sa figure dans ses mains qui la recouvraient et n'en laissaient plus rien voir, elle avait l'air de s'efforcer de réprimer, d'anéantir un rire qui, si elle s'y fût abandonnée, l'eût conduite à l'évanouissement. Telle, étourdie par la gaieté des fidèles, ivre de camaraderie, de médisance et d'assentiment, Mme Verdurin, juchée sur son perchoir, pareille à un oiseau dont on eût trempé le colifichet dans du vin chaud, sanglotait d'amabilité. »

Du côté de chez Swann,
« Un amour de Swann »

Proust prisonnier de l'univers des salons mondains, ou bourgeois, c'est l'étiquette que l'on arrache dès qu'on le lit vraiment. Son analyse est toujours transposable à d'autres milieux – peut-être à tous les milieux. Pénétrer le salon de Mme Verdurin est amusant et délectable : on connaît tous une Mme Verdurin. Mais surtout, d'une manière beaucoup moins consciente *a priori*, on sent qu'on est tous Mme Verdurin. « Ivre de camaraderie, de médisance et d'assentiment. » Cela nous fait sourire, et c'est terrible. Ce qu'on appelle la convivialité, cet enthousiasme autosatisfait qui se pratique aussi exactement aux terrasses des cafés aujourd'hui, c'est une ivresse de camaraderie, de médisance et d'assentiment.

Qu'est-ce que la musique ?

« Il y a dans le violon – si, ne voyant pas l'instrument, on ne peut pas rapporter ce qu'on entend à son image, laquelle modifie la sonorité – des accents qui lui sont si communs avec certaines voix de contralto, qu'on a l'illusion qu'une chanteuse s'est ajoutée au concert. On lève les yeux, on ne voit que les étuis, précieux comme des boîtes chinoises, mais, par moments, on est encore trompé par l'appel décevant de la sirène ; parfois aussi on croit entendre un génie captif qui se débat au fond de la docte boîte, ensorcelée et frémissante, comme un diable dans un bénitier ; parfois enfin, c'est, dans l'air, comme un être surnaturel et pur qui passe en déroulant son message invisible.

Comme si les instrumentistes, beaucoup moins jouaient la petite phrase qu'ils n'exécutaient les rites exigés d'elle pour qu'elle apparût, et procédaient aux incantations nécessaires pour obtenir et prolonger quelques instants le prodige de son évocation, Swann, qui ne pouvait pas plus la voir que si elle avait appartenu à un monde ultra-violet, et qui goûtait comme le rafraîchissement d'une métamorphose dans la cécité momentanée dont il était frappé en approchant d'elle, Swann la sentait présente, comme une déesse protectrice et confidente de son amour, et qui pour pouvoir arriver jusqu'à lui devant la foule et l'emmener à l'écart pour lui parler, avait revêtu le déguisement de cette apparence sonore. Et tandis qu'elle passait, légère, apaisante et murmurée comme un parfum, lui disant ce qu'elle avait à lui dire et dont il scrutait tous les mots, regrettant de les voir s'envoler si vite, il faisait involontairement avec ses lèvres le mouvement de baiser au passage le corps harmonieux et fuyant. Il ne se sentait plus exilé et seul puisque, elle, qui s'adressait à lui, lui parlait à mi-voix d'Odette. Car il n'avait plus comme autrefois l'impression qu'Odette et lui n'étaient pas connus de la petite phrase. C'est que si souvent elle avait été témoin de leurs joies ! Il est vrai que souvent aussi elle l'avait averti de leur fragilité. Et même, alors que dans ce temps-là il devinait de la souffrance dans son sourire, dans son intonation limpide et désenchantée, aujourd'hui il y trouvait plutôt la grâce d'une résignation presque gaie. De ces chagrins dont elle lui parlait autrefois et qu'il la voyait, sans qu'il fût atteint par eux, entraîner en souriant dans son cours sinueux et rapide, de ces chagrins qui maintenant étaient devenus les siens sans qu'il eût l'espérance d'en être jamais délivré, elle semblait lui dire comme jadis de son bonheur : "Qu'est-ce, cela ? tout cela n'est rien." Et la pensée de Swann se porta pour la première fois dans un élan de pitié et de tendresse vers ce Vinteuil, vers ce frère inconnu et sublime qui lui aussi avait dû tant souffrir ; qu'avait pu être sa vie ? au fond de quelles douleurs avait-il puisé cette force de dieu, cette puissance illimitée de créer ? Quand c'était la petite phrase qui lui parlait de la vanité de ses souffrances, Swann trouvait de la douceur à cette même sagesse qui tout à l'heure pourtant lui avait paru intolérable quand il croyait la lire dans les visages des indifférents qui considéraient son amour comme une divagation sans importance. C'est que la petite phrase au contraire, quelque opinion qu'elle pût avoir sur la brève durée de ces états de l'âme, y voyait quelque chose, non pas comme faisaient tous ces gens, de moins sérieux que la vie positive, mais au contraire de si supérieur à elle que seul il valait la peine d'être exprimé. Ces charmes d'une tristesse intime, c'était eux qu'elle essayait d'imiter, de recréer, et jusqu'à leur essence qui est pourtant d'être incommunicables et de sembler frivoles à tout autre qu'à celui qui les éprouve, la petite phrase l'avait captée, rendue visible. Si bien qu'elle faisait confesser leur prix et goûter leur douceur divine, par tous ces mêmes assistants – si seulement ils étaient un peu musiciens – qui ensuite les méconnaîtraient dans la vie, en chaque amour particulier qu'ils verraient naître près d'eux. Sans doute la forme sous laquelle elle les avait codifiés ne pouvait pas se résoudre en raisonnements. Mais depuis plus d'une année que, lui révélant à lui-même bien des richesses de son âme, l'amour de la musique était pour quelque temps au moins né en lui, Swann tenait les motifs musicaux pour de véritables idées, d'un autre monde, d'un autre ordre, idées voilées de ténèbres, inconnues, impénétrables à l'intelligence, mais qui n'en sont pas moins parfaitement distinctes les unes des autres, inégales entre elles de valeur et de signification. Quand après la soirée Verdurin, se faisant rejouer la petite phrase, il avait cherché à démêler comment à la façon d'un parfum, d'une caresse, elle le circonvenait, elle l'enveloppait, il s'était rendu compte que c'était au faible écart entre les cinq notes qui la composaient et au rappel constant de deux d'entre elles qu'était due cette impression de douceur rétractée et frileuse ; mais en réalité il savait qu'il raisonnait ainsi non sur la phrase elle-même mais sur de simples valeurs, substituées pour la commodité de son intelligence à la mystérieuse entité qu'il avait perçue, avant de connaître les Verdurin, à cette soirée où il avait entendu pour la première fois la sonate. Il savait que le souvenir même du piano faussait encore le plan dans lequel il voyait les choses de la musique, que le champ ouvert au musicien n'est pas un clavier mesquin de sept notes, mais un clavier incommensurable, encore presque tout entier inconnu, où seulement çà et là, séparées par d'épaisses ténèbres inexplorées, quelques-unes des millions de touches de tendresse, de passion, de courage, de sérénité, qui le composent, chacune aussi différente des autres qu'un univers d'un autre univers, ont été découvertes par quelques grands artistes qui nous rendent le service, en éveillant en nous le correspondant du thème qu'ils ont trouvé, de nous montrer quelle richesse, quelle variété, cache à notre insu cette grande nuit impénétrée et décourageante de notre âme que nous prenons pour du vide et pour du néant. »

Du côté de chez Swann,
« Un amour de Swann »

La Recherche est un livre sans Dieu. Pourtant, Proust n'hésite pas à employer le mot *âme*. La musique est ici le révélateur de *cette grande nuit impénétrée et décourageante*. La musique réduite à une seule forme, ou plutôt une seule essence : la petite phrase de la *Sonate pour violon et piano* de Vinteuil qui est dans un premier temps pour Swann *l'hymne officiel* de son amour pour Odette, avant de devenir la manifestation miraculeuse de ce qu'il y a de plus triste et de plus heureux, de plus présent et de plus inaccessible. Ne pas voir le violon qui la joue, ni même la boîte du violon, est la condition nécessaire à cette fascination. Swann n'hésite pas cependant à interroger la structure mathématique de son émotion, cet écart de cinq notes qui devrait donner la clé du mystère et ne fait que l'engloutir à l'infini. Il y a un langage mais on ne peut pas le déchiffrer. La musique est Dieu.

Oser tout mélanger

« Je ne me représentais pas alors les villes, les paysages, les monuments, comme des tableaux plus ou moins agréables, découpés çà et là dans une même matière, mais chacun d'eux comme un inconnu, essentiellement différent des autres, dont mon âme avait soif et qu'elle aurait profit à connaître. Combien ils prirent quelque chose de plus individuel encore, d'être désignés par des noms, des noms qui n'étaient que pour eux, des noms comme en ont les personnes. Les mots nous présentent des choses une petite image claire et usuelle comme celles que l'on suspend aux murs des écoles pour donner aux enfants l'exemple de ce qu'est un établi, un oiseau, une fourmilière, choses conçues comme pareilles à toutes celles de même sorte. Mais les noms présentent des personnes – et des villes qu'ils nous habituent à croire individuelles, uniques comme des personnes – une image confuse qui tire d'eux, de leur sonorité éclatante ou sombre, la couleur dont elle est peinte uniformément comme une de ces affiches, entièrement bleues ou entièrement rouges, dans lesquelles, à cause des limites du procédé employé ou par un caprice du décorateur, sont bleus ou rouges, non seulement le ciel et la mer, mais les barques, l'église, les passants. Le nom de Parme, une des villes où je désirais le plus aller, depuis que j'avais lu *La Chartreuse*, m'apparaissant compact, lisse, mauve et doux, si on me parlait d'une maison quelconque de Parme dans laquelle je serais reçu, on me causait le plaisir de penser que j'habiterais une demeure lisse, compacte, mauve et douce, qui n'avait de rapport avec les demeures d'aucune ville d'Italie puisque je l'imaginais seulement à l'aide de cette syllabe lourde du nom de Parme, où ne circule aucun air, et de tout ce que je lui avais fait absorber de douceur stendhalienne et du reflet des violettes. Et quand je pensais à Florence, c'était comme à une ville miraculeusement embaumée et semblable à une corolle, parce qu'elle s'appelait la cité des lys et sa cathédrale, Sainte-Marie-des-Fleurs. Quant à Balbec, c'était un de ces noms où comme sur une vieille poterie normande qui garde la couleur de la terre d'où elle fut tirée, on voit se peindre encore la représentation de quelque usage aboli, de quelque droit féodal, d'un état ancien de lieux, d'une manière désuète de prononcer qui en avait formé les syllabes hétéroclites et que je ne doutais pas de retrouver jusque chez l'aubergiste qui me servirait du café au lait à mon arrivée, me menant voir la mer déchaînée devant l'église et auquel je prêtais l'aspect disputeur, solennel et médiéval d'un personnage de fabliau.

Si ma santé s'affermissait et que mes parents me permissent, sinon d'aller séjourner à Balbec, du moins de prendre une fois, pour faire connaissance avec l'architecture et les paysages de la Normandie ou de la Bretagne, ce train d'une heure vingt-deux dans lequel j'étais monté tant de fois en imagination, j'aurais voulu m'arrêter de préférence dans les villes les plus belles ; mais j'avais beau les comparer, comment choisir plus qu'entre des êtres individuels, qui ne sont pas interchangeables, entre Bayeux si haute dans sa noble dentelle rougeâtre et dont le faîte était illuminé par le vieil or de sa dernière syllabe ; Vitré dont l'accent aigu losangeait de bois noir le vitrage ancien ; le doux Lamballe qui, dans son blanc, va du jaune coquille d'œuf au gris perle ; Coutances, cathédrale normande, que sa diphtongue finale, grasse et jaunissante couronne par une tour de beurre ; Lannion avec le bruit, dans son silence villageois, du coche suivi de la mouche ; Questambert, Pontorson, risibles et naïfs, plumes blanches et becs jaunes éparpillés sur la route de ces lieux fluviatiles et poétiques ; Benodet, nom à peine amarré que semble vouloir entraîner la rivière au milieu de ses algues, Pont-Aven, envolée blanche et rose de l'aile d'une coiffe légère qui se reflète en tremblant dans une eau verdie de canal ; Quimperlé, lui, mieux attaché et depuis le Moyen Âge, entre les ruisseaux dont il gazouille et s'emperle en une grisaille pareille à celle que dessinent, à travers les toiles d'araignées d'une verrière, les rayons de soleil changés en pointes émoussées d'argent bruni ? »

Du côté de chez Swann,
« Noms de pays : le nom »

Faire, fabriquer, construire. Toutes les acceptions du verbe grec qui constituent l'étymologie du mot *poésie* soulignent ce paradoxe : *À la recherche du temps perdu* est sans doute un roman, mais c'est surtout un extraordinaire recueil de poèmes. Proust construit, fabrique un univers qui est tellement le sien que par substitution il devient le nôtre. Nous n'osions pas nous dire que le désir de trouver le sommeil nous réveillait, nous n'osions pas nous dire que les villes avaient par leur seul nom une identité, une couleur, une matière. Des bribes de culture échevelées que nous n'avions pas l'audace d'associer. Dans *Parme* il y a *Chartreuse*, une réminiscence littéraire ou simplement un titre qui fait rêver, mais on ne peut le détacher d'une réalité compacte, mauve, lisse et douce, celle du mot lui-même. Sentir qu'on peut tout mélanger pour s'inventer. Pour oser se construire.

L’amour est un exil

« Un jour, comme je m’ennuyais à notre place familière, à côté des chevaux de bois, Françoise m’avait emmené en excursion – au-delà de la frontière que gardent à intervalles égaux les petits bastions des marchandes de sucre d’orge – dans ces régions voisines mais étrangères où les visages sont inconnus, où passe la voiture aux chèvres ; puis elle était revenue prendre ses affaires sur sa chaise adossée à un massif de lauriers ; en l’attendant je foulais la grande pelouse chétive et rase, jaunie par le soleil, au bout de laquelle le bassin est dominé par une statue quand, de l’allée, s’adressant à une fillette à cheveux roux qui jouait au volant devant la vasque, une autre, en train de mettre son manteau et de serrer sa raquette, lui cria, d’une voix brève : “Adieu, Gilberte, je rentre, n’oublie pas que nous venons ce soir chez toi après dîner.”

Ce nom de Gilberte passa près de moi, évoquant d'autant plus l'existence de celle qu'il désignait qu'il ne la nommait pas seulement comme un absent dont on parle, mais l'interpellait ; il passa ainsi près de moi, en action pour ainsi dire, avec une puissance qu'accroissait la courbe de son jet et l'approche de son but ; – transportant à son bord, je le sentais, la connaissance, les notions qu'avait de celle à qui il était adressé, non pas moi, mais l'amie qui l'appelait, tout ce que, tandis qu'elle le prononçait, elle revoyait ou du moins, possédait en sa mémoire, de leur intimité quotidienne, des visites qu'elles se faisaient l'une chez l'autre, de tout cet inconnu encore plus inaccessible et plus douloureux pour moi d'être au contraire si familier et si maniable pour cette fille heureuse qui m'en frôlait sans que j'y puisse pénétrer et le jetait en plein air dans un cri ; – laissant déjà flotter dans l'air l'émanation délicieuse qu'il avait fait se dégager, en les touchant avec précision, de quelques points invisibles de la vie de Mlle Swann, du soir qui allait venir, tel qu'il serait, après dîner, chez elle, – formant, passager céleste au milieu des enfants et des bonnes, un petit nuage d'une couleur précieuse, pareil à celui qui, bombé au-dessus d'un beau jardin du Poussin, reflète minutieusement comme un nuage d'opéra, plein de chevaux et de chars, quelque apparition de la vie des dieux ; – jetant enfin, sur cette herbe pelée, à l'endroit où elle était, un morceau à la fois de pelouse flétrie et un moment de l'après-midi de la blonde joueuse de volant (qui ne s'arrêta de le lancer et de le rattraper que quand une institutrice à plumet bleu l'eut appelée), une petite bande merveilleuse et couleur d'héliotrope impalpable comme un reflet et superposée comme un tapis sur lequel je ne pus me lasser de promener mes pas attardés, nostalgiques et profanateurs, tandis que Françoise me criait : "Allons, aboutonnez voir votre paletot et filons" et que je remarquais pour la première fois avec irritation qu'elle avait un langage vulgaire, et hélas, pas de plumet bleu à son chapeau. »

Du côté de chez Swann,
« Noms de pays : le nom »

Pas dans le jardin public des Champs-Elysées, où les enfants des bourgeois et des aristocrates étaient surveillés par une domestique ou une préceptrice. Mais n'importe où ailleurs, n'importe quand, un prénom lancé dans l'air comme un acte de propriété qui vous exclut, et bien davantage quand il est suivi par un projet de rendez-vous ritualisé. Un monde qui prend forme et son à la seconde même où il vous éloigne, et crée la solitude, la mélancolie. Un nom jeté qui nous exile. On est amoureux.

Se venger de Françoise

« Et depuis la veille, Françoise, heureuse de s'adonner à cet art de la cuisine pour lequel elle avait certainement un don, stimulée, d'ailleurs, par l'annonce d'un convive nouveau, et sachant qu'elle aurait à composer, selon des méthodes sues d'elle seule, du bœuf à la gelée, vivait dans l'effervescence de la création ; comme elle attachait une importance extrême à la qualité intrinsèque des matériaux qui devaient entrer dans la fabrication de son œuvre, elle allait elle-même aux Halles se faire donner les plus beaux carrés de romsteck, de jarret de bœuf, de pied de veau, comme Michel-Ange passant huit mois dans les montagnes de Carrare à choisir les blocs de marbre les plus parfaits pour le monument de Jules II. Françoise dépensait dans ces allées et venues une telle ardeur que maman voyant sa figure enflammée craignait que notre vieille servante ne tombât malade de surmenage comme l'auteur du tombeau des Médicis dans les carrières de Pietrasanta. Et dès la veille Françoise avait envoyé cuire dans le four du boulanger, protégé de mie de pain comme du marbre rose ce qu'elle appelait du jambon de Nev'York. Croyant la langue moins riche qu'elle n'est et ses propres oreilles peu sûres, sans doute la première fois qu'elle avait entendu parler de jambon d'York avait-elle cru – trouvant d'une prodigalité invraisemblable dans le vocabulaire qu'il pût exister à la fois York et New York – qu'elle avait mal entendu et qu'on avait voulu dire le nom qu'elle connaissait déjà. Aussi, depuis, le mot d'York se faisait précéder dans ses oreilles ou devant ses yeux si elle lisait une annonce de : New qu'elle prononçait Nev'. Et c'est de la meilleure foi du monde qu'elle disait à sa fille de cuisine : "Allez me chercher du jambon chez *Olida*. Madame m'a bien recommandé que ce soit du Nev'York." »

À l'ombre des jeunes filles en fleurs,
« Autour de Mme Swann »

La cruauté du narrateur à l'égard de l'ignorance de Françoise – peut-être plus perverse d'être précédée ici de longs détails sur son excellence et son autorité en matière de cuisine – s'appuie sur le langage, et c'est drôle, comme tous les *cuirs* du directeur du Grand-Hôtel de Balbec. Mais avec Françoise, la moquerie est ambiguë. Proust n'hésite pas à taxer son personnage d'ignorance et de bêtise tout au long du roman, mais c'est une façon aussi pour le narrateur de s'agacer de la supériorité de la domestique qui, sous une apparence de déférence, mène toute la famille à sa guise, possède ceux qui la possèdent, et exaspérera le narrateur quand elle sera la contemptrice de ses amours avec Albertine.

Les effusions dangereuses

« “Oh ! Monsieur”, dis-je à M. de Norpois quand il m’annonça qu’il ferait part à Gilberte et à sa mère de l’admiration que j’avais pour elles, “si vous faisiez cela, si vous parliez de moi à Mme Swann, ce ne serait pas assez de toute ma vie pour vous témoigner ma gratitude, et cette vie vous appartiendrait ! Mais je tiens à vous faire remarquer que je ne connais pas Mme Swann et que je ne lui ai jamais été présenté.”

J’avais ajouté ces derniers mots par scrupule et pour ne pas avoir l’air de m’être vanté d’une relation que je n’avais pas. Mais en les prononçant, je sentais qu’ils étaient déjà devenus inutiles, car dès le début de mon remerciement, d’une ardeur réfrigérante, j’avais vu passer sur le visage de l’ambassadeur une expression d'hésitation et de mécontentement et dans ses yeux ce regard vertical, étroit et oblique (comme, dans le dessin en perspective d'un solide, la ligne fuyante d'une de ses faces), regard qui s'adresse à cet interlocuteur invisible qu'on a en soi-même, au moment où on lui dit quelque chose que l'autre interlocuteur, le monsieur avec qui on parlait jusqu'ici – moi dans la circonstance – ne doit pas entendre. Je me rendis compte aussitôt que ces phrases que j'avais prononcées et qui, faibles encore auprès de l'effusion reconnaissante dont j'étais envahi, m'avaient paru devoir toucher M. de Norpois et achever de le décider à une intervention qui lui eût donné si peu de peine, et à moi tant de joie, étaient peut-être (entre toutes celles qu'eussent pu chercher diaboliquement des personnes qui m'eussent voulu du mal) les seules qui pussent avoir pour résultat de l'y faire renoncer. En les entendant en effet, de même qu'au moment où un inconnu, avec qui nous venions d'échanger agréablement des impressions que nous avions pu croire semblables sur des passants que nous nous accordions à trouver vulgaires, nous montre tout à coup l'abîme pathologique qui le sépare de nous en ajoutant négligemment tout en tâtant sa poche : "C'est malheureux que je n'aie pas mon revolver, il n'en serait pas resté un seul", M. de Norpois qui savait que rien n'était moins précieux ni plus aisé que d'être recommandé à Mme Swann et introduit chez elle, et qui vit que pour moi, au contraire, cela présentait un tel prix, par conséquent, sans doute, une grande difficulté, pensa que le désir, normal en apparence, que j'avais exprimé, devait dissimuler quelque pensée différente, quelque visée suspecte, quelque faute antérieure à cause de quoi, dans la certitude de déplaire à Mme Swann, personne n'avait jusqu'ici voulu se charger de lui transmettre une commission de ma part. Et je compris que cette commission, il ne la ferait jamais, qu'il pourrait voir Mme Swann quotidiennement pendant des années, sans pour cela lui parler une seule fois de moi. »

À l'ombre des jeunes filles en fleurs,
« Autour de Mme Swann »

Le paradoxe proustien est toujours logique, hélas. C'est parce que vous êtes amoureux d'une personne qu'elle ne vous aime pas – comment pourrait-on aimer une personne qui vous manifeste que vous êtes à cent coudées au-dessus d'elle ? Et si vous exprimez à l'avance trop de reconnaissance à quelqu'un qui peut vous rendre un service, votre bienfaiteur présumé se glace, se méfie, rentre dans sa coquille. C'est vrai, et c'est triste. Le monde de Proust est triste et vrai.

Et les trains se mélangent

« Les levers de soleil sont un accompagnement des longs voyages en chemin de fer, comme les œufs durs, les journaux illustrés, les jeux de cartes, les rivières où des barques s'évertuent sans avancer. À un moment où je dénombrais les pensées qui avaient rempli mon esprit pendant les minutes précédentes, pour me rendre compte si je venais ou non de dormir (et où l'incertitude même qui me faisait me poser la question était en train de me fournir une réponse affirmative), dans le carreau de la fenêtre, au-dessus d'un petit bois noir, je vis des nuages échancrés dont le doux duvet était d'un rose fixé, mort, qui ne changera plus, comme celui qui teint les plumes de l'aile qui l'a assimilé ou le pastel sur lequel l'a déposé la fantaisie du peintre. Mais je sentais qu'au contraire cette couleur n'était ni inertie, ni caprice, mais nécessité et vie. Bientôt s'amoncelèrent derrière elle des réserves de lumière. Elle s'aviva, le ciel devint d'un incarnat que je tâchais, en collant mes yeux à la vitre, de mieux voir car je le sentais en rapport avec l'existence profonde de la nature, mais la ligne du chemin de fer ayant changé de direction, le train tourna, la scène matinale fut remplacée dans le cadre de la fenêtre par un village nocturne aux toits bleus de clair de lune, avec un lavoir encrassé de la nacre opaline de la nuit, sous un ciel encore semé de toutes ses étoiles, et je me désolais d'avoir perdu ma bande de ciel rose quand je l'aperçus de nouveau, mais rouge cette fois, dans la fenêtre d'en face qu'elle abandonna à un deuxième coude de la voie ferrée ; si bien que je passais mon temps à courir d'une fenêtre à l'autre pour rapprocher, pour rentoiler les fragments intermittents et opposites de mon beau matin écarlate et versatile et en avoir une vue totale et un tableau continu.

Le paysage devint accidenté, abrupt, le train s'arrêta à une petite gare entre deux montagnes. On ne voyait au fond de la gorge, au bord du torrent, qu'une maison de garde enfoncée dans l'eau qui coulait au ras des fenêtres. Si un être peut être le produit d'un sol dont on goûte en lui le charme particulier, plus encore que la paysanne que j'avais tant désiré voir apparaître quand j'errais seul du côté de Méséglise, dans les bois de Roussainville, ce devait être la grande fille que je vis sortir de cette maison et, sur le sentier qu'illuminait obliquement le soleil levant, venir vers la gare en portant une jarre de lait. Dans la vallée à qui ces hauteurs cachaient le reste du monde, elle ne devait jamais voir personne que dans ces trains qui ne s'arrêtaient qu'un instant. Elle longea les wagons, offrant du café au lait à quelques voyageurs réveillés. Empourpré des reflets du matin, son visage était plus rose que le ciel. Je ressentis devant elle ce désir de vivre qui renaît en nous chaque fois que nous prenons de nouveau conscience de la beauté et du bonheur. »

À l'ombre des jeunes filles en fleurs,
« Noms de pays : le pays »

Nous ne connaissons plus les rivières où des barques s'évertuent sans avancer. Par la vitre du TGV qui gifle trop précipitamment le paysage, nous cherchons plutôt une scène assez éloignée pour que nous puissions la contempler avec sérénité, un château accroché au flanc d'une colline, l'éclat d'une neige éternelle en haut d'un pic. Nous regrettons comme un chromo trop parfait l'image d'une jeune fille sortant de sa ferme et venant proposer aux passagers arrêtés quelques instants un bol de café au lait. Mais nous vivons toujours les jeux changeants de la lumière du soleil levant dispersant ses faisceaux selon la courbe des rails. Et nous savons toujours que nous avons dormi quand nous nous demandons si nous nous sommes assoupis.

Tyrannies ancillaires

« Ma vie dans l'hôtel était rendue non seulement triste parce que je n'y avais pas de relations, mais incommode, parce que Françoise en avait noué de nombreuses. Il peut sembler qu'elles auraient dû nous faciliter bien des choses. C'était tout le contraire. Les prolétaires, s'ils avaient quelque peine à être traités en personnes de connaissance par Françoise et ne le pouvaient qu'à de certaines conditions de grande politesse envers elle, en revanche, une fois qu'ils y étaient arrivés, étaient les seules gens qui comptassent pour elle. Son vieux code lui enseignait qu'elle n'était tenue à rien envers les amis de ses maîtres, qu'elle pouvait si elle était pressée envoyer promener une dame venue pour voir ma grand-mère. Mais envers ses relations à elle, c'est-à-dire avec les rares gens du peuple admis à sa difficile amitié, le protocole le plus subtil et le plus absolu réglait ses actions. Ainsi Françoise ayant fait la connaissance du cafetier et d'une petite femme de chambre qui faisait des robes pour une dame belge, ne remontait plus préparer les affaires de ma grand-mère tout de suite après déjeuner, mais seulement une heure plus tard parce que le cafetier voulait lui faire du café ou une tisane à la caféterie, que la femme de chambre lui demandait de venir la regarder coudre et que leur refuser eût été impossible et de ces choses qui ne se font pas. D'ailleurs des égards particuliers étaient dus à la petite femme de chambre qui était orpheline et avait été élevée chez des étrangers auprès desquels elle allait passer parfois quelques jours. Cette situation excitait la pitié de Françoise et aussi son dédain bienveillant. Elle qui avait de la famille, une petite maison qui lui venait de ses parents et où son frère élevait quelques vaches, elle ne pouvait pas considérer comme son égale une déracinée. Et comme cette petite espérait pour le 15 août aller voir ses bienfaiteurs, Françoise ne pouvait se tenir de répéter : "Elle me fait rire. Elle dit : j'espère d'aller chez moi pour le 15 août. Chez moi, qu'elle dit ! C'est seulement pas son pays, c'est des gens qui l'ont recueillie, et ça dit chez moi comme si c'était vraiment chez elle. Pauvre petite ! quelle misère qu'elle peut bien avoir pour qu'elle ne connaisse pas ce que c'est que d'avoir un chez soi." Mais si encore Françoise ne s'était liée qu'avec des femmes de chambre amenées par des clients, lesquelles dînaient avec elle aux "courriers" et devant son beau bonnet de dentelles et son fin profil la prenaient pour quelque dame, noble peut-être, réduite par les circonstances ou poussée par l'attachement à servir de dame de compagnie à ma grand-mère, si en un mot Françoise n'eût connu que des gens qui n'étaient pas de l'hôtel, le mal n'eût pas été grand, parce qu'elle n'eût pu les empêcher de nous servir à quelque chose, pour la raison qu'en aucun cas, et même inconnus d'elle, ils n'auraient pu nous servir à rien. Mais elle s'était liée aussi avec un sommelier, avec un homme de la cuisine, avec une gouvernante d'étage. Et il en résultait en ce qui concernait notre vie de tous les jours que Françoise qui le jour de son arrivée, quand elle ne connaissait encore personne, sonnait à tort et à travers pour la moindre chose, à des heures où ma grand-mère et moi nous n'aurions pas osé le faire, et si nous lui en faisions une légère observation, répondait : "Mais on paye assez cher pour ça", comme si elle avait payé elle-même, maintenant depuis qu'elle était amie d'une personnalité de la cuisine, ce qui nous avait paru de bon augure pour notre commodité, si ma grand-mère ou moi nous avions froid aux pieds, Françoise, fût-il une heure tout à fait normale, n'osait pas sonner ; elle assurait que ce serait mal vu parce que cela obligerait à rallumer les fourneaux ou gênerait le dîner des domestiques qui seraient mécontents. Et elle finissait par une locution qui malgré la façon incertaine dont elle la prononçait, n'en était pas moins claire et nous donnait nettement tort : "Le fait est..." Nous n'insistions pas, de peur de nous en faire infliger une, bien plus grave : "C'est quelque chose !..." De sorte qu'en somme nous ne pouvions plus avoir d'eau chaude parce que Françoise était devenue l'amie de celui qui la faisait chauffer. »

À l'ombre des jeunes filles en fleurs,
« Noms de pays : le pays »

Les lecteurs de Proust de la première moitié du vingtième siècle ont dû se délecter en lisant son analyse des rapports des bourgeois et des aristocrates avec leur domesticité. Mais aujourd'hui que la domesticité a quasiment disparu – le film *Les Femmes du 6e étage*[1] nous semble davantage un

1. Réalisé par Philippe Le Guay (2011).

documentaire sur une tribu en voie d'extinction qu'un reflet de la vraie vie –, cette analyse nous fait encore davantage d'effet. Comme la lanterne magique ressuscite un pouvoir de l'image que notre société de l'image a bien édulcoré, l'inattendue tyrannie des forces ancillaires éveille tout un monde, un éternel humain débarrassé des préjugés. La hiérarchie des rapports humains n'est pas toujours celle qu'on croit.

Le zoo et l'altesse

« Cependant la princesse de Luxembourg nous avait tendu la main et, de temps en temps, tout en causant avec la marquise, elle se détournait pour poser de doux regards sur ma grand-mère et sur moi, avec cet embryon de baiser qu'on ajoute au sourire quand celui-ci s'adresse à un bébé avec sa nounou. Même dans son désir de ne pas avoir l'air de siéger dans une sphère supérieure à la nôtre elle avait sans doute mal calculé la distance, car, par une erreur de réglage, ses regards s'imprégnèrent d'une telle bonté que je vis approcher le moment où elle nous flatterait de la main comme deux bêtes sympathiques qui eussent passé la tête vers elle, à travers un grillage, au jardin d'Acclimatation. Aussitôt du reste cette idée d'animaux et de bois de Boulogne prit plus de consistance pour moi. C'était l'heure où la digue est parcourue par des marchands ambulants et criards qui vendent des gâteaux, des bonbons, des petits pains. Ne sachant que faire pour nous témoigner sa bienveillance, la princesse arrêta le premier qui passa ; il n'avait plus qu'un pain de seigle, du genre de ceux qu'on jette aux canards. La princesse le prit et me dit : "C'est pour votre grand-mère." Pourtant, ce fut à moi qu'elle le tendit, en me disant avec un fin sourire : "Vous le lui donnerez vous-même", pensant qu'ainsi mon plaisir serait plus complet s'il n'y avait pas d'intermédiaires entre moi et les animaux. D'autres marchands s'approchèrent, elle remplit mes poches de tout ce qu'ils avaient, de paquets tout ficelés, de plaisirs, de babas et de sucres d'orge. Elle me dit : "Vous en mangerez et vous en ferez manger aussi à votre grand-mère" et elle fit payer les marchands par le petit nègre habillé en satin rouge qui la suivait partout et qui faisait l'émerveillement de la plage. Puis elle dit adieu à Mme de Villeparisis et nous tendit la main avec l'intention de nous traiter de la même manière que son amie, en intimes, et de se mettre à notre portée. Mais cette fois, elle plaça sans doute notre niveau un peu moins bas dans l'échelle des êtres, car son égalité avec nous fut signifiée par la princesse à ma grand-mère au moyen de ce tendre et maternel sourire qu'on adresse à un gamin quand on lui dit au revoir comme à une grande personne. »

À l'ombre des jeunes filles en fleurs,
« Noms de pays : le pays »

Bien sûr, nous connaissons déjà toute la finesse, toute l'indépendance intellectuelle de la grand-mère du narrateur quand nous la voyons confrontée à la condescendance de la princesse de Luxembourg. Pour la princesse, le narrateur et sa grand-mère sont des connaissances un peu honteuses d'une amie à elle, Mme de Villeparisis. Le comique de la situation tient à la fois à l'hypocrisie de la grande dame et à sa stupidité. Hypocrite, elle n'envisage pas une seconde de rencontrer vraiment ces deux êtres humains d'une race inférieure. Stupide, elle croit déguiser son indifférence sous une avalanche expéditive de générosité. « Cet embryon de baiser qu'on ajoute au sourire quand celui-ci s'adresse à un bébé avec sa nounou » : ce geste, accompagné le plus souvent d'une oscillation horizontale du visage pour souligner sa résolution, a traversé le temps sans perdre une once de sa vulgarité originelle. Mais Proust pousse plus avant son avantage, quand il fait dire à son narrateur : « Ses regards s'imprégnèrent d'une telle bonté que je vis approcher le moment où elle nous flatterait de la main comme deux bêtes sympathiques qui eussent passé la tête vers elle, à travers un grillage. » On peut prendre le fou rire en lisant *La Recherche*.

Les rendez-vous imaginaires

« C'est un grand charme ajouté à la vie dans une station balnéaire comme était Balbec, si le visage d'une jolie fille, une marchande de coquillages, de gâteaux ou de fleurs, peint en vives couleurs dans notre pensée, est quotidiennement pour nous dès le matin le but de chacune de ces journées oisives et lumineuses qu'on passe sur la plage. Elles sont alors, et par là, bien que désœuvrées, alertes comme des journées de travail, aiguillées, aimantées, soulevées légèrement vers un instant prochain, celui où tout en achetant des sablés, des roses, des ammonites, on se délectera à voir, sur un visage féminin, les couleurs étalées aussi purement que sur une fleur. Mais au moins, ces petites marchandes, d'abord on peut leur parler, ce qui évite d'avoir à construire avec l'imagination les autres côtés que ceux que nous fournit la simple perception visuelle, et à recréer leur vie, à s'exagérer son charme, comme devant un portrait ; surtout, justement parce qu'on leur parle, on peut apprendre où, à quelles heures on peut les retrouver. Or il n'en était nullement ainsi pour moi en ce qui concernait les jeunes filles de la petite bande. Leurs habitudes m'étant inconnues, quand certains jours je ne les apercevais pas, ignorant la cause de leur absence, je cherchais si celle-ci était quelque chose de fixe, si on ne les voyait que tous les deux jours, ou quand il faisait tel temps, ou s'il y avait des jours où on ne les voyait jamais. Je me figurais d'avance ami avec elles et leur disant : "Mais vous n'étiez pas là tel jour ? – Ah ! oui, c'est parce que c'était un samedi, le samedi nous ne venons jamais parce que..." Encore si c'était aussi simple que de savoir que le triste samedi il est inutile de s'acharner, qu'on pourrait parcourir la plage en tous sens, s'asseoir à la devanture du pâtissier, faire semblant de manger un éclair, entrer chez le marchand de curiosités, attendre l'heure du bain, le concert, l'arrivée de la marée, le coucher du soleil, la nuit, sans voir la petite bande désirée. Mais le jour fatal ne revenait peut-être pas une fois par semaine. Il ne tombait peut-être pas forcément un samedi. Peut-être certaines conditions atmosphériques influaient-elles sur lui ou lui étaient-elles entièrement étrangères. Combien d'observations patientes, mais non point sereines, il faut recueillir sur les mouvements en apparence irréguliers de ces mondes inconnus avant de pouvoir être sûr qu'on ne s'est pas laissé abuser par des coïncidences, que nos prévisions ne seront pas trompées, avant de dégager les lois certaines, acquises au prix d'expériences cruelles, de cette astronomie passionnée ! Me rappelant que je ne les avais pas vues le même jour qu'aujourd'hui, je me disais qu'elles ne viendraient pas, qu'il était inutile de rester sur la plage. Et justement je les apercevais. En revanche, un jour où, autant que j'avais pu supposer que des lois réglaient le retour de ces constellations, j'avais calculé devoir être un jour faste, elles ne venaient pas. Mais à cette première incertitude si je les verrais ou non le jour même venait s'en ajouter une plus grave, si je les reverrais jamais, car j'ignorais en somme si elles ne devaient pas partir pour l'Amérique ou rentrer à Paris. Cela suffisait pour me faire commencer à les aimer. On peut avoir du goût pour une personne. Mais pour déchaîner cette tristesse, ce sentiment de l'irréparable, ces angoisses qui préparent l'amour, il faut – et il est peut-être ainsi, plutôt que ne l'est une personne, l'objet même que cherche anxieusement à étreindre la passion – le risque d'une impossibilité. Ainsi agissaient déjà ces influences qui se répètent au cours d'amours successives (pouvant du reste se produire, mais alors plutôt dans l'existence des grandes villes au sujet d'ouvrières dont on ne sait pas les jours de congé et qu'on s'effraye de ne pas avoir vues à la sortie de l'atelier), ou du moins qui se renouvelèrent au cours des miennes. Peut-être sont-elles inséparables de l'amour ; peut-être tout ce qui fut une particularité du premier vient-il s'ajouter aux suivants par souvenir, suggestion, habitude et à travers les périodes successives de notre vie donner à ses aspects différents un caractère général. »

À l'ombre des jeunes filles en fleurs,
« Noms de pays : le pays »

Qu'est-ce que rencontrer l'autre, qu'est-ce que tomber amoureux ? Le charme donné aux journées par la quasi-certitude de retrouver à heures fixes une de ces jolies marchandes des commerces balnéaires est presque aussitôt affaibli par la possibilité de leur parler, d'échanger quelques mots qui les amenuisent en les précisant. S'agissant d'une petite bande de jeunes filles dont on ne connaît ni les noms ni les usages, l'attrait se change bientôt en mélancolie.

Sans les attendre on les attend, on s'invente un calendrier imaginaire et douloureux, où les rites s'échappent, se contredisent. De cette impossibilité à saisir naît en contrepoint ce qui prend presque déjà la forme d'un chagrin : elles pourraient ne jamais revenir. Alors là, oui, naît quelque chose.

Oui, les gâteaux sont bien instruits

« Mais quelquefois au lieu d'aller dans une ferme, nous montions jusqu'au haut de la falaise, et une fois arrivés et assis sur l'herbe, nous défaisions notre paquet de sandwiches et de gâteaux. Mes amies préféraient les sandwiches et s'étonnaient de me voir manger seulement un gâteau au chocolat gothiquement historié de sucre ou une tarte à l'abricot. C'est qu'avec les sandwiches au chester et à la salade, nourriture ignorante et nouvelle, je n'avais rien à dire. Mais les gâteaux étaient instruits, les tartes étaient bavardes. Il y avait dans les premiers des fadeurs de crème et dans les secondes des fraîcheurs de fruits qui en savaient long sur Combray, sur Gilberte, non seulement la Gilberte de Combray, mais celle de Paris aux goûters de qui je les avais retrouvés. Ils me rappelaient ces assiettes à petits fours, des *Mille et*

Une Nuits, qui distrayaient tant de leurs « sujets » ma tante Léonie quand Françoise lui apportait, un jour, *Aladin ou la Lampe Merveilleuse*, un autre, *Ali-Baba*, *le Dormeur éveillé* ou *Sinbad le Marin embarquant à Bassora avec toutes ses richesses*. J'aurais bien voulu les revoir, mais ma grand-mère ne savait pas ce qu'elles étaient devenues et croyait d'ailleurs que c'était de vulgaires assiettes achetées dans le pays. N'importe, dans le gris et champenois Combray, leurs vignettes s'encastraient multicolores, comme dans la noire Église les vitraux aux mouvantes pierreries, comme dans le crépuscule de ma chambre les projections de la lanterne magique, comme devant la vue de la gare et du chemin de fer départemental les boutons d'or des Indes et les lilas de Perse, comme la collection de vieux Chine de ma grand-tante dans sa sombre demeure de vieille dame de province.

Étendu sur la falaise je ne voyais devant moi que des prés, et, au-dessus d'eux, non pas les sept ciels de la physique chrétienne, mais la superposition de deux seulement, un plus foncé – la mer – et en haut un plus pâle. Nous goûtions, et si j'avais emporté aussi quelque petit souvenir qui pût plaire à l'une ou à l'autre de mes amies, la joie remplissait avec une violence si soudaine leur visage translucide en un instant devenu rouge que leur bouche n'avait pas la force de la retenir et pour la laisser passer, éclatait de rire. Elles étaient assemblées autour de moi ; et entre les visages peu éloignés les uns des autres, l'air qui les séparait traçait des sentiers d'azur comme frayés par un jardinier qui a voulu mettre un peu de jour pour pouvoir circuler lui-même au milieu d'un bosquet de roses. »

À l'ombre des jeunes filles en fleurs,
« Noms de pays : le pays »

« Les gâteaux étaient instruits, les tartes étaient bavardes. » Comme André Gide prétextant des vertèbres de la tante Léonie pour condamner *Du côté de chez Swann*, mais beaucoup plus récemment, sur France Inter, un invité s'appuyait sur les *gâteaux instruits* pour décréter que Proust, ça n'était pas possible, qu'il exagérait, que cette prétention à la finesse ne recouvrait que le vide. Détachée de son contexte, la phrase peut faire sourire et semble absurde ou provocante. Mais resituée dans les pique-niques du narrateur avec ses amies, elle devient limpide. *Les sandwichs sont muets* : ils sont nouveaux, ne contiennent rien du passé de leur consommateur. *Les gâteaux sont instruits* : avant même leur consommation, ils éveillent chez le narrateur toute l'histoire qu'il a vécue avec eux, les assiettes de la tante Léonie, la Gilberte de Combray et celle de Paris. Les gâteaux savent, les tartes bavardent.

Reviens Léon, j'ai les mêmes à la maison !

« [...] "Ah ! si c'était à moi le château de Guermantes, on ne me verrait pas souvent à Paris. Faut-il tout de même que des maîtres, des personnes qui ont de quoi comme Monsieur et Madame, en aient des idées pour rester dans cette misérable ville plutôt que non pas aller à Combray dès l'instant qu'ils sont libres de faire et que personne les retient. Qu'est-ce qu'ils attendent pour prendre leur retraite puisqu'ils ne manquent de rien ; d'être morts ? Ah ! si j'avais seulement du pain sec à manger et du bois pour me chauffer l'hiver, il y a beau temps que je serais chez moi dans la pauvre maison de mon frère à Combray. Là-bas on se sent vivre au moins, on n'a pas toutes ces maisons devant soi, il y a si peu de bruit que la nuit on entend les grenouilles chanter à plus de deux lieues.

– Ça doit être vraiment beau, madame”, s’écriait le jeune valet de pied avec enthousiasme, comme si ce dernier trait avait été aussi particulier à Combray que la vie en gondole à Venise.

D’ailleurs, plus récent dans la maison que le valet de chambre, il parlait à Françoise des sujets qui pouvaient intéresser non lui-même, mais elle. Et Françoise, qui faisait la grimace quand on la traitait de cuisinière, avait pour le valet de pied, qui disait en parlant d’elle « la gouvernante », la bienveillance spéciale qu’éprouvent certains princes de second ordre envers les jeunes gens bien intentionnés qui leur donnent de l’Altesse.

“Au moins on sait ce qu’on fait et dans quelle saison qu’on vit. Ce n’est pas comme ici qu’il n’y aura pas plus un méchant bouton d’or à la sainte Pâques qu’à la Noël, et que je ne distingue pas seulement un petit angélus quand je lève ma vieille carcasse. Là-bas, on entend chaque heure, ce n’est qu’une pauvre cloche, mais tu te dis : ‘Voilà mon frère qui rentre des champs’, tu vois le jour qui baisse, on sonne pour les biens de la terre, tu as le temps de te retourner avant d’allumer ta lampe. Ici il fait jour, il fait nuit, on va se coucher qu’on ne pourrait seulement pas plus dire que les bêtes ce qu’on a fait.

– Il paraît que Méséglise aussi c'est bien joli, madame", interrompait le jeune valet de pied au gré de qui la conversation prenait un tour un peu abstrait et qui se souvenait par hasard de nous avoir entendus parler à table de Méséglise. "Oh ! Méséglise", disait Françoise avec le large sourire qu'on amenait toujours sur ses lèvres quand on prononçait ces noms de Méséglise, de Combray, de Tansonville. Ils faisaient tellement partie de sa propre existence qu'elle éprouvait à les rencontrer au-dehors, à les entendre dans une conversation, une gaieté assez voisine de celle qu'un professeur excite dans sa classe en faisant allusion à tel personnage contemporain dont ses élèves n'auraient pas cru que le nom pût jamais tomber du haut de la chaire. Son plaisir venait aussi de sentir que ces pays-là étaient pour elle quelque chose qu'ils n'étaient pas pour les autres, de vieux camarades avec qui on a fait bien des parties ; et elle leur souriait comme si elle leur trouvait de l'esprit, parce qu'elle retrouvait en eux beaucoup d'elle-même. »

Le Côté de Guermantes I

« Une gaieté assez voisine de celle qu'un professeur excite dans sa classe en faisant allusion à tel personnage contemporain dont ses élèves n'auraient pas cru que le nom pût jamais tomber du haut de la chaire. »

Qu'on me permette ici une anecdote strictement personnelle, mais elle est révélatrice du formidable pouvoir de substitution, d'équivalence que le regard de Proust peut susciter. Elle se situe à la fin des années quatre-vingt, et concerne mon fils Vincent, alors élève en classe de sixième. Son professeur de français, apprécié, mais d'un style assez sévère et impressionnant, avait provoqué chez lui une hilarité soudaine en faisant allusion à un sketch de Coluche. Déjà bien touché par cette première incongruité, Vincent en était tombé de sa chaise. Mais ravi de l'ampleur de ce succès, son professeur avait alors tiré une seconde balle en parodiant un slogan publicitaire pour les pâtes alimentaires que tout le monde avait à l'époque bien en tête – mais les élèves imaginent toujours que leur enseignant ne fait pas partie de la vraie vie. « Reviens, Léon, j'ai les mêmes à la maison ! » Et la chute de Vincent s'était doublée d'un mal aux côtes inextinguible. Proust parle aussi de ça. Reviens Léon, j'ai les mêmes à la maison.

Les prêtresses de l'invisible

« Un matin, Saint-Loup m'avoua qu'il avait écrit à ma grand-mère pour lui donner de mes nouvelles et lui suggérer l'idée, puisqu'un service téléphonique fonctionnait entre Doncières et Paris, de causer avec moi. Bref, le même jour, elle devait me faire appeler à l'appareil et il me conseilla d'être vers quatre heures moins un quart à la poste. Le téléphone n'était pas encore à cette époque d'un usage aussi courant qu'aujourd'hui. Et pourtant l'habitude met si peu de temps à dépouiller de leur mystère les forces sacrées avec lesquelles nous sommes en contact que, n'ayant pas eu ma communication immédiatement, la seule pensée que j'eus, ce fut que c'était bien long, bien incommode, et presque l'intention d'adresser une plainte : comme nous tous maintenant, je ne trouvais pas assez rapide à mon gré, dans ses brusques changements, l'admirable féerie à laquelle quelques instants suffisent pour qu'apparaisse près de nous, invisible mais présent, l'être à qui nous voulions parler et qui, restant à sa table, dans la ville qu'il habite (pour ma grand-mère c'était Paris), sous un ciel différent du nôtre, par un temps qui n'est pas forcément le même, au milieu de circonstances et de préoccupations que nous ignorons et que cet être va nous dire, se trouve tout à coup transporté à des centaines de lieues (lui et toute l'ambiance où il reste plongé) près de notre oreille, au moment où notre caprice l'a ordonné. Et nous sommes comme le personnage du conte à qui une magicienne sur le souhait qu'il en exprime, fait apparaître, dans une clarté surnaturelle, sa grand-mère ou sa fiancée en train de feuilleter un livre, de verser des larmes, de cueillir des fleurs, tout près du spectateur et pourtant très loin, à l'endroit même où elle se trouve réellement. Nous n'avons, pour que ce miracle s'accomplisse, qu'à approcher nos lèvres de la planchette magique et à appeler – quelquefois un peu trop longtemps je le veux bien – les Vierges Vigilantes dont nous entendons chaque jour la voix sans jamais connaître le visage, et qui sont nos Anges gardiens dans les ténèbres vertigineuses dont elles surveillent jalousement les portes ; les Toutes-Puissantes par qui les absents surgissent à notre côté, sans qu'il soit permis de les apercevoir ; les Danaïdes de l'invisible qui sans cesse vident, remplissent, se transmettent les urnes des sons ; les ironiques Furies qui, au moment que nous murmurions une confidence à une amie, avec l'espoir que personne ne nous entendait, nous crient cruellement : "J'écoute" ; les servantes toujours irritées du Mystère, les ombrageuses prêtresses de l'Invisible, les Demoiselles du téléphone ! »

Le Côté de Guermantes I

Parler du téléphone. Cela semble étonnant dans un roman écrit au début du vingtième siècle. On n'imagine guère Augustin Meaulnes donner un coup de fil à François Seurel. Pourtant *Le Grand Meaulnes* a été écrit en même temps que *La Recherche*. Le milieu très bourgeois de Proust compte bien sûr dans cette adaptation aux techniques modernes. Le narrateur se rend au bureau de poste pour recevoir un appel de sa grand-mère. Mais cette dernière appelle manifestement de chez elle. Proust évoque l'aspect miraculeux de cette rencontre dans un autre espace, mais aussi l'impatience du narrateur, symptomatique des rapports humains avec les technologies nouvelles. La liberté qu'elles donnent crée dans le même temps une entrave et une contrainte. Mais ce qui donne la… tonalité majeure de cette première expérience téléphonique, c'est un élément aujourd'hui disparu : la possible intervention courroucée, au cœur d'un échange intime, de ces *ombrageuses prêtresses de l'Invisible* – les opératrices du téléphone.

Tout dans une voix

« [...] tout d'un coup j'entendis cette voix que je croyais à tort connaître si bien car jusque-là, chaque fois que ma grand-mère avait causé avec moi, ce qu'elle me disait, je l'avais toujours suivi sur la partition ouverte de son visage où les yeux tenaient beaucoup de place, mais sa voix elle-même, je l'écoutais aujourd'hui pour la première fois. Et parce que cette voix m'apparaissait changée dans ses proportions dès l'instant qu'elle était un tout, et m'arrivait ainsi seule et sans l'accompagnement des traits de la figure, je découvris combien cette voix était douce ; peut-être d'ailleurs ne l'avait-elle jamais été à ce point, car ma grand-mère, me sentant loin et malheureux, croyait pouvoir s'abandonner à l'effusion d'une tendresse que, par "principes" d'éducatrice, elle contenait et cachait d'habitude. Elle était douce, mais aussi comme elle était triste, d'abord à cause de sa douceur même, presque décantée, plus que peu de voix humaines ont jamais dû l'être, de toute dureté, de tout élément de résistance aux autres, de tout égoïsme ; fragile à force de délicatesse, elle semblait à tout moment prête à se briser, à expirer en un pur flot de larmes, puis l'ayant seule près de moi, vue sans le masque du visage, j'y remarquais, pour la première fois, les chagrins qui l'avaient fêlée au cours de la vie.

Était-ce d'ailleurs uniquement la voix qui, parce qu'elle était seule, me donnait cette impression nouvelle qui me déchirait ? Non pas ; mais plutôt que cet isolement de la voix était comme un symbole, une évocation, un effet direct d'un autre isolement, celui de ma grand-mère, pour la première fois séparée de moi. Les commandements ou défenses qu'elle m'adressait à tout moment dans l'ordinaire de la vie, l'ennui de l'obéissance ou la fièvre de la rébellion qui neutralisaient la tendresse que j'avais pour elle, étaient supprimés en ce moment et même pouvaient l'être pour l'avenir (puisque ma grand-mère n'exigeait plus de m'avoir près d'elle sous sa loi, était en train de me dire son espoir que je resterais tout à fait à Doncières, ou en tout cas que j'y prolongerais mon séjour le plus longtemps possible, ma santé et mon travail pouvant s'en bien trouver) ; aussi, ce que j'avais sous cette petite cloche approchée de mon oreille, c'était, débarrassée des pressions opposées qui chaque jour lui avaient fait contrepoids, et dès lors irrésistible, me soulevant tout entier, notre mutuelle tendresse. Ma grand-mère, en me disant de rester, me donna un besoin anxieux et fou de revenir. Cette liberté qu'elle me laissait désormais, et à laquelle je n'avais jamais entrevu qu'elle pût consentir, me parut tout d'un coup aussi triste que pourrait être ma liberté après sa mort (quand je l'aimerais encore et qu'elle aurait à jamais renoncé à moi). »

Le Côté de Guermantes I

C'est extraordinaire ce que Proust peut dire de la voix de quelqu'un qu'on aime au téléphone. Depuis qu'il a écrit ces mots, le téléphone est devenu l'affaire de tous – et parfois désormais, si l'on dénombre sur un trottoir de grande ville la proportion des passants qui ont le regard rivé sur un écran, ou parlent à un interlocuteur, la préoccupation essentielle de presque tous. Pourtant, personne n'a su écrire aussi bien que lui sur cette captation à distance de l'autre. Sur la possibilité de parler doucement à distance, d'être tendre à distance. La grand-mère n'est plus qu'une voix. Mais elle est beaucoup plus entière dans cette voix, beaucoup plus elle-même que dans le jeu de la réalité, où les regards, les gestes accompagnent la voix, et composent une moyenne faite de réticences et de compensations, tempèrent l'indicible par le retrait du corps. Bouleversé, le narrateur découvre ce qu'il n'osait s'avouer : sa grand-mère n'est pour lui que tendresse, pour elle que fragilité.

Heureusement, il y a les fantômes

« [...] jusqu'à ce jour, dans cette petite ville, quand je pensais à ce que ma grand-mère faisait seule, je me la représentais telle qu'elle était avec moi, mais en me supprimant sans tenir compte des effets sur elle de cette suppression ; maintenant, j'avais à me délivrer au plus vite, dans ses bras, du fantôme, insoupçonné jusqu'alors et soudain évoqué par sa voix, d'une grand-mère réellement séparée de moi, résignée, ayant, ce que je ne lui avais encore jamais connu, un âge, et qui venait de recevoir une lettre de moi dans l'appartement vide où j'avais déjà imaginé Maman quand j'étais parti pour Balbec.

Hélas, ce fantôme-là, ce fut lui que j'aperçus quand, entré au salon sans que ma grand-mère fût avertie de mon retour, je la trouvai en train de lire. J'étais là, ou plutôt je n'étais pas encore là puisqu'elle ne le savait pas, et, comme une femme qu'on surprend en train de faire un ouvrage qu'elle cachera si on entre, elle était livrée à des pensées qu'elle n'avait jamais montrées devant moi. De moi – par ce privilège qui ne dure pas et où nous avons, pendant le court instant du retour, la faculté d'assister brusquement à notre propre absence – il n'y avait là que le témoin, l'observateur, en chapeau et manteau de voyage, l'étranger qui n'est pas de la maison, le photographe qui vient prendre un cliché des lieux qu'on ne reverra plus. Ce qui, mécaniquement, se fit à ce moment dans mes yeux quand j'aperçus ma grand-mère, ce fut bien une photographie. Nous ne voyons jamais les êtres chéris que dans le système animé, le mouvement perpétuel de notre incessante tendresse, laquelle, avant de laisser les images que nous présente leur visage arriver jusqu'à nous, les prend dans son tourbillon, les rejette sur l'idée que nous nous faisons d'eux depuis toujours, les fait adhérer à elle, coïncider avec elle. Comment, puisque le front, les joues de ma grand-mère, je leur faisais signifier ce qu'il y avait de plus délicat et de plus permanent dans son esprit, comment, puisque tout regard habituel est une nécromancie et chaque visage qu'on aime, le miroir du passé, comment n'en eussé-je pas omis ce qui en elle avait pu s'alourdir et changer, alors que, même dans les spectacles les plus indifférents de la vie, notre œil, chargé de pensée, néglige, comme ferait une tragédie classique, toutes les images qui ne concourent pas à l'action et ne retient que celles qui peuvent en rendre intelligible le but ? Mais qu'au lieu de notre œil, ce soit un objectif purement matériel, une plaque photographique, qui ait regardé, alors ce que nous verrons, par exemple dans la cour de l'Institut, au lieu de la sortie d'un académicien qui veut appeler un fiacre, ce sera sa titubation, ses précautions pour ne pas tomber en arrière, la parabole de sa chute, comme s'il était ivre ou que le sol fût couvert de verglas. Il en est de même quand quelque cruelle ruse du hasard empêche notre intelligente et pieuse tendresse d'accourir à temps pour cacher à nos regards ce qu'ils ne doivent jamais contempler, quand elle est devancée par eux qui, arrivés les premiers sur place et laissés à eux-mêmes fonctionnent mécaniquement à la façon de pellicules, et nous montrent, au lieu de l'être aimé qui n'existe plus depuis longtemps mais dont elle n'avait jamais voulu que la mort nous fût révélée, l'être nouveau que cent fois par jour elle revêtait d'une chère et menteuse ressemblance. Et, comme un malade qui, ne s'étant pas regardé depuis longtemps et composant à tout moment le visage qu'il ne voit pas d'après l'image idéale qu'il porte de soi-même dans sa pensée, recule en apercevant dans une glace, au milieu d'une figure aride et déserte, l'exhaussement oblique et rose d'un nez gigantesque comme une pyramide d'Égypte, moi pour qui ma grand-mère c'était encore moi-même, moi qui ne l'avais jamais vue que dans mon âme, toujours à la même place du passé, à travers la transparence des souvenirs contigus et superposés, tout d'un coup, dans notre salon qui faisait partie d'un monde nouveau, celui du Temps, celui où vivent les étrangers dont on dit "il vieillit bien", pour la première fois et seulement pour un instant car elle disparut bien vite, j'aperçus sur le canapé, sous la lampe, rouge, lourde et vulgaire, malade, rêvassant, promenant au-dessus d'un livre des yeux un peu fous, une vieille femme accablée que je ne connaissais pas. »

Le Côté de Guermantes I

Ce n'est pas un hasard si le mot *fantôme* apparaît dans ce passage. *La Recherche* est un roman plein de fantômes. Les personnages qui comptent y apparaissent comme des fantômes successifs d'eux-mêmes, et le narrateur n'en finit pas de détailler tous les costumes de fantômes qu'il a endossés tour à tour. C'est ce que Proust appelle le temps.

Balzac a écrit *La Comédie humaine*, et Proust *La Recherche du temps perdu*. La comédie humaine n'est qu'une partie infime de la recherche du temps perdu. Nous vivons en même temps sur plusieurs plans. Dans ce qu'on appelle la vie, le narrateur joue avec sa grand-mère la comédie humaine. Le rôle que chacun accepte de tenir est nécessaire. Le présent serait insupportable si la lucidité l'habitait en permanence – les films d'Ingmar Bergman sont insupportables.

Mais le narrateur se sépare quelques jours de sa grand-mère au moment où elle va basculer vers la mort. Quand il la revoit, et qu'elle ne sait pas encore qu'il est là, il a l'impression de la photographier. Il découvre cette vieille femme accablée. Il sent que la photographie est ce qu'il faut pour nommer *la* vérité. Mais il y a une autre vérité. Vivre avec un fantôme.

Nous sommes au moins plusieurs

« Tout à coup, Saint-Loup apparut, accompagné de sa maîtresse, et alors, dans cette femme qui était pour lui tout l'amour, toutes les douceurs possibles de la vie, dont la personnalité, mystérieusement enfermée dans un corps comme dans un Tabernacle, était l'objet encore sur lequel travaillait sans cesse l'imagination de mon ami, qu'il sentait qu'il ne connaîtrait jamais, dont il se demandait perpétuellement ce qu'elle était en elle-même, derrière le voile des regards et de la chair, dans cette femme je reconnus à l'instant "Rachel quand du Seigneur", celle qui, il y a quelques années – les femmes changent si vite de situation dans ce monde-là, quand elles en changent – disait à la maquerelle : "Alors, demain soir, si vous avez besoin de moi pour quelqu'un, vous me ferez chercher."

Et quand on était "venu la chercher" en effet et qu'elle se trouvait seule dans la chambre avec ce quelqu'un, elle savait si bien ce qu'on voulait d'elle qu'après avoir fermé à clef, par précaution de femme prudente, ou par geste rituel, elle commençait à ôter toutes ses affaires, comme on fait devant le docteur qui va vous ausculter, et ne s'arrêtait en route que si le "quelqu'un", n'aimant pas la nudité, lui disait qu'elle pouvait garder sa chemise, comme certains praticiens qui, ayant l'oreille très fine et la crainte de faire se refroidir leur malade, se contentent d'écouter la respiration et le battement du cœur à travers un linge. À cette femme dont toute la vie, toutes les pensées, tout le passé, tous les hommes par qui elle avait pu être possédée, m'étaient chose si indifférente que, si elle me l'eût conté, je ne l'eusse écoutée que par politesse et à peine entendue, je sentis que l'inquiétude, le tourment, l'amour de Saint-Loup s'étaient appliqués jusqu'à faire – de ce qui était pour moi un jouet mécanique – un objet de souffrances infinies, ayant le prix même de l'existence. Voyant ces deux éléments dissociés (parce que j'avais connu "Rachel quand du Seigneur" dans une maison de passe), je comprenais que bien des femmes pour lesquelles des hommes vivent, souffrent, se tuent, peuvent être en elles-mêmes ou pour d'autres ce que Rachel était pour moi.

L'idée qu'on pût avoir une curiosité douloureuse à l'égard de sa vie me stupéfiait. J'aurais pu apprendre bien des coucheries d'elle à Robert, lesquelles me semblaient la chose la plus indifférente du monde. Et combien elles l'eussent peiné. Et que n'avait-il pas donné pour les connaître, sans y réussir.

Je me rendais compte de tout ce qu'une imagination humaine peut mettre derrière un petit morceau de visage comme était celui de cette femme, si c'est l'imagination qui l'a connue d'abord ; et, inversement, en quels misérables éléments matériels et dénués de toute valeur pouvait se décomposer ce qui était le but de tant de rêveries, si, au contraire, cela avait été perçu d'une manière opposée, par la connaissance la plus triviale. Je comprenais que ce qui m'avait paru ne pas valoir vingt francs quand cela m'avait été offert pour vingt francs dans la maison de passe où c'était seulement pour moi une femme désireuse de gagner vingt francs, peut valoir plus qu'un million, que la famille, que toutes les situations enviées, si on a commencé par imaginer en elle un être inconnu, curieux à connaître, difficile à saisir, à garder. Sans doute c'était le même mince et étroit visage que nous voyions Robert et moi. Mais nous étions arrivés à lui par les deux routes opposées qui ne communiqueraient jamais, et nous n'en verrions jamais la même face. Ce visage, avec ses regards, ses sourires, les mouvements de sa bouche, moi je l'avais connu du dehors comme étant celui d'une femme quelconque qui pour vingt francs ferait tout ce que je voudrais. Aussi les regards, les sourires, les mouvements de bouche m'avaient paru seulement significatifs d'actes généraux, sans rien d'individuel, et sous eux je n'aurais pas eu la curiosité de chercher une personne. Mais ce qui m'avait en quelque sorte été offert au départ, ce visage consentant, ç'avait été pour Robert un point d'arrivée vers lequel il s'était dirigé à travers combien d'espoirs, de doutes, de soupçons, de rêves. Il donnait plus d'un million pour avoir, pour que ne fût pas offert à d'autres ce qui m'avait été offert comme à chacun pour vingt francs. »

Le Côté de Guermantes I

Nous ne sommes pas dans *Les Trois Mousquetaires*, Proust n'est pas Alexandre Dumas. Découvrant que la maîtresse de Saint-Loup – pour laquelle ce dernier souffre mille morts, mille chagrins, dont il parle comme d'une divinité inaccessible – est en fait aussi une prostituée qui se vend pour vingt francs dans les maisons de passe, le narrateur est certes stupéfait de la reconnaître, mais c'est une stupéfaction proustienne. Ces deux femmes, *a priori* aux antipodes l'une de l'autre, sont une seule femme. Cela ne fonctionne pas comme un coup de théâtre. Proust nous contraint à penser non pas *la maîtresse de Saint-Loup est une prostituée*, mais *la maîtresse de Saint-Loup est aussi une prostituée*. Ce qui est fascinant, c'est la distance d'une femme à l'autre. Il n'y a pas une vérité, mais un abîme aussi insondable que les secrets de la petite phrase de la sonate de Vinteuil. Tout est complexe, les choses et les gens sont une nuit infinie où l'on se perd, où l'on a simplement quelquefois la surprise de se retrouver.

Lui et nous

« Nous disons bien que l'heure de la mort est incertaine, mais quand nous disons cela, nous nous représentons cette heure comme située dans un espace vague et lointain, nous ne pensons pas qu'elle ait un rapport quelconque avec la journée déjà commencée et puisse signifier que la mort – ou sa première prise de possession partielle de nous, après laquelle elle ne nous lâchera plus – pourra se produire dans cet après-midi même, si peu incertain, cet après-midi où l'emploi de toutes les heures est réglé d'avance. On tient à sa promenade pour avoir dans un mois le total de bon air nécessaire, on a hésité sur le choix d'un manteau à emporter, du cocher à appeler, on est en fiacre, la journée est tout entière devant vous, courte, parce qu'on veut être rentré à temps pour recevoir une amie ;

on voudrait qu'il fît aussi beau le lendemain ; et on ne se doute pas que la mort qui cheminait en vous dans un autre plan, a choisi précisément ce jour-là pour entrer en scène, dans quelques minutes, à peu près à l'instant où la voiture atteindra les Champs-Élysées. Peut-être ceux que hante d'habitude l'effroi de la singularité particulière à la mort, trouveront-ils quelque chose de rassurant à ce genre de mort-là – à ce genre de premier contact avec la mort – parce qu'elle y revêt une apparence connue, familière, quotidienne. Un bon déjeuner l'a précédée et la même sortie que font des gens bien portants. Un retour en voiture découverte se superpose à sa première atteinte ; si malade que fût ma grand-mère, en somme plusieurs personnes auraient pu dire qu'à six heures, quand nous revînmes des Champs-Élysées, elles l'avaient saluée, passant en voiture découverte, par un temps superbe. Legrandin, qui se dirigeait vers la place de la Concorde, nous donna un coup de chapeau, en s'arrêtant, l'air étonné. Moi qui n'étais pas encore détaché de la vie, je demandai à ma grand-mère si elle lui avait répondu, lui rappelant qu'il était susceptible. Ma grand-mère, me trouvant sans doute bien léger, leva sa main comme pour dire : "Qu'est-ce que cela fait ? cela n'a aucune importance."

Oui, on aurait pu dire tout à l'heure pendant que je cherchais un fiacre, que ma grand-mère était assise sur un banc, avenue Gabriel, qu'un peu après elle avait passé en voiture découverte. Mais eût-ce été bien vrai ? Le banc, lui, pour qu'il se tienne dans une avenue – bien qu'il soit soumis aussi à certaines conditions d'équilibre – n'a pas besoin d'énergie. Mais pour qu'un être vivant soit stable, même appuyé sur un banc ou dans une voiture, il faut une tension de forces que nous ne percevons pas, d'habitude, plus que nous ne percevons (parce qu'elle s'exerce dans tous les sens) la pression atmosphérique. Peut-être si on faisait le vide en nous et qu'on nous laissât supporter la pression de l'air, sentirions-nous pendant l'instant qui précéderait notre destruction, le poids terrible que rien ne neutraliserait plus. De même, quand les abîmes de la maladie et de la mort s'ouvrent en nous et que nous n'avons plus rien à opposer au tumulte avec lequel le monde et notre propre corps se ruent sur nous, alors soutenir même la pesée de nos muscles, même le frisson qui dévaste nos moelles, alors, même nous tenir immobile dans ce que nous croyons d'habitude n'être rien que la simple position négative d'une chose, exige, si l'on veut que la tête reste droite et le regard calme, de l'énergie vitale, et devient l'objet d'une lutte épuisante. »

Le Côté de Guermantes II,
« Chapitre Premier »

La maladie de la grand-mère du narrateur puis sa mort tiennent une grande place dans *La Recherche*. Beaucoup de spécialistes ont dit qu'il fallait voir là encore une substitution – *La Recherche* est aussi un roman –, que Proust évoque ici en fait la mort de sa mère. Mais les personnages sont mis en perspective : le *je* et le *elle* perdent de leurs frontières, et deviennent un *nous*. Un *nous* qui pourrait paraître intrusif. Le narrateur devient omniscient, domine nos existences et la sienne en s'attaquant au seul sujet interdit. Comment dire ce qui se passe vraiment à propos de l'imminence absolue de la mort, la mort non pas frôlée mais réelle – nous savons déjà que la grand-mère va mourir dans les pages qui suivent ? Le lecteur ne peut connaître cela, ni l'auteur, ni le narrateur. Alors, pourquoi supportons-nous si bien ce *nous* didactique ? Pourquoi acceptons-nous de partager cette science impossible ? C'est comme si Proust avait pris de l'avance sur nous, avait gagné le droit de dire *nous* – et c'est ce qu'il a fait depuis la première page de *La Recherche*.

Chaque personne

« Je mis ma grand-mère dans l'ascenseur du professeur E*** et au bout d'un instant il vint à nous et nous fit passer dans son cabinet. Mais là, si pressé qu'il fût, son air rogue changea, tant les habitudes sont fortes, et il avait celle d'être aimable, voire enjoué, avec ses malades. Comme il savait ma grand-mère très lettrée et qu'il l'était aussi, il se mit à lui citer pendant deux ou trois minutes et par allusion au temps radieux qu'il faisait, de beaux vers sur l'été. Il l'avait assise dans un fauteuil, lui à contre-jour, de manière à bien la voir. Son examen fut minutieux, nécessita même que je sortisse un instant. Il le continua encore, puis ayant fini, se mit, bien que le quart d'heure touchât à sa fin, à refaire des citations à ma grand-mère. Il lui adressa même quelques plaisanteries assez fines, que j'eusse préféré entendre un autre jour, mais qui me rassurèrent complètement par le ton amusé du docteur. Je me rappelai alors que M. Fallières, président du Sénat, avait eu, il y avait nombre d'années, une fausse attaque, et qu'au désespoir de ses concurrents il s'était mis trois jours après à reprendre ses fonctions, préparant même, disait-on, une candidature plus ou moins lointaine à la présidence de la République. Ma confiance en un prompt rétablissement de ma grand-mère fut d'autant plus complète que, au moment où je me rappelais l'exemple de M. Fallières, je fus tiré de la pensée de ce rapprochement par un franc éclat de rire qui termina une plaisanterie du professeur E***. Sur quoi il tira sa montre, fronça fiévreusement le sourcil en voyant qu'il était en retard de cinq minutes, et tout en nous disant adieu sonna pour qu'on apportât immédiatement son habit. Je laissai ma grand-mère passer devant, refermai la porte et demandai la vérité au savant.

"Votre grand-mère est perdue, me dit-il. C'est une attaque provoquée par l'urémie. En soi, l'urémie n'est pas fatalement un mal mortel, mais le cas me paraît désespéré. Je n'ai pas besoin de vous dire que j'espère me tromper. Du reste, avec Cottard, vous êtes en excellentes mains. Excusez-moi", me dit-il en voyant entrer une femme de chambre qui portait sur le bras l'habit noir du professeur. "Vous savez que je dîne chez le ministre du Commerce, j'ai une visite à faire avant. Ah ! la vie n'est pas que roses, comme on le croit à votre âge."

Et il me tendit gracieusement la main. J'avais refermé la porte et un valet nous guidait dans l'antichambre, ma grand-mère et moi, quand nous entendîmes de grands cris de colère. La femme de chambre avait oublié de percer la boutonnière pour les décorations. Cela allait demander encore dix minutes. Le professeur tempêtait toujours pendant que je regardais sur le palier ma grand-mère qui était perdue. Chaque personne est bien seule. Nous repartîmes vers la maison. »

Le Côté de Guermantes II,
« Chapitre Premier »

Ce passage est sans doute le plus tragique de *La Recherche*. On ne sait pas exactement l'âge du narrateur. Il est en tout cas plus jeune que l'auteur lorsqu'il perdit sa mère[1], mais assez âgé pour servir de tuteur à la vieille dame, l'emmener en promenade, obtenir la consultation d'un professeur éminent

1. Proust perdit sa mère à l'âge de trente-quatre ans.

quand la crise se déclare. Assez âgé pour entendre seul à seul la condamnation à mort annoncée par le praticien. La terrible efficacité de la scène tient aux différences de plans. Un narrateur foudroyé par la nouvelle. Un médecin capable de plaisanter avec la malade, et même de s'esclaffer quelques secondes avant de confier : « Votre grand-mère est perdue. » Capable de se mettre en colère l'instant d'après parce que sa femme de chambre a oublié de pratiquer dans son habit la boutonnière où il veut accrocher ses décorations. Un médecin mondain, peut-être pas plus qu'un autre, mais indécent à cet instant.

Dans les pages précédentes, Proust a recours de plus en plus souvent au *nous*, généralisant la cruauté des destins humains. Mais ici, la seule fois dans tout son livre, il utilise un terrible *chaque personne*. Chaque personne est bien seule ; on est tout à coup au-delà des nuances littéraires traditionnelles, le *je* du narrateur et celui de l'auteur, le *nous* de l'auteur avec son lecteur. *La Recherche* est un livre écrit pour arriver au moins une fois à cela. Pour arriver à *chaque personne*. Chaque personne est bien seule.

Les Renoir sont des femmes et *La Recherche* est la vraie vie

« Un auteur mort est du moins illustre sans fatigue. Le rayonnement de son nom s'arrête à la pierre de sa tombe. Dans la surdité du sommeil éternel, il n'est pas importuné par la Gloire. Mais pour Bergotte l'antithèse n'était pas entièrement achevée. Il existait encore assez pour souffrir du tumulte. Il remuait encore, bien que péniblement, tandis que ses œuvres, bondissantes comme des filles qu'on aime mais dont l'impétueuse jeunesse et les bruyants plaisirs vous fatiguent, entraînaient chaque jour jusqu'au pied de son lit des admirateurs nouveaux.

Les visites qu'il nous faisait maintenant venaient pour moi quelques années trop tard, car je ne l'admirais plus autant. Ce qui n'est pas en contradiction avec ce grandissement de sa renommée. Une œuvre est rarement tout à fait comprise et victorieuse, sans que celle d'un autre écrivain, obscure encore, n'ait commencé, auprès de quelques esprits plus difficiles, de substituer un nouveau culte à celui qui a presque fini de s'imposer. Dans les livres de Bergotte que je relisais souvent, ses phrases étaient aussi claires devant mes yeux que mes propres idées, les meubles dans ma chambre et les voitures dans la rue. Toutes choses s'y voyaient aisément, sinon telles qu'on les avait toujours vues, du moins telles qu'on avait l'habitude de les voir maintenant. Or un nouvel écrivain avait commencé à publier des œuvres où les rapports entre les choses étaient si différents de ceux qui les liaient pour moi que je ne comprenais presque rien de ce qu'il écrivait. Il disait par exemple : "Les tuyaux d'arrosage admiraient le bel entretien des routes" (et cela c'était facile, je glissais le long de ces routes) "qui partaient toutes les cinq minutes de Briand et de Claudel". Alors je ne comprenais plus parce que j'avais attendu un nom de ville et qu'il m'était donné un nom de personne. Seulement je sentais que ce n'était pas la phrase qui était mal faite, mais moi pas assez fort et agile pour aller jusqu'au bout. Je reprenais mon élan, m'aidais des pieds et des mains pour arriver à l'endroit d'où je verrais les rapports nouveaux entre les choses. Chaque fois, parvenu à peu près à la moitié de la phrase, je retombais, comme plus tard au régiment dans l'exercice appelé portique. Je n'en avais pas moins pour le nouvel écrivain l'admiration d'un enfant gauche et à qui on donne zéro pour la gymnastique, devant un autre enfant plus adroit. Dès lors j'admirai moins Bergotte dont la limpidité me parut de l'insuffisance. Il y eut un temps où on reconnaissait bien les choses quand c'était Fromentin qui les peignait et où on ne les reconnaissait plus quand c'était Renoir.

Les gens de goût nous disent aujourd'hui que Renoir est un grand peintre du XVIIIe siècle. Mais en disant cela ils oublient le Temps et qu'il en a fallu beaucoup, même en plein XIXe, pour que Renoir fût salué grand artiste. Pour réussir à être ainsi reconnus, le peintre original, l'artiste original procèdent à la façon des oculistes. Le traitement par leur peinture, par leur prose, n'est pas toujours agréable. Quand il est terminé, le praticien nous dit : "Maintenant regardez." Et voici que le monde (qui n'a pas été créé une fois, mais aussi souvent qu'un artiste original est survenu) nous apparaît entièrement différent de l'ancien, mais parfaitement clair. Des femmes passent dans la rue, différentes de celles d'autrefois, puisque ce sont des Renoir, ces Renoir où nous nous refusions jadis à voir des femmes. »

Le Côté de Guermantes II,
« Chapitre Premier »

Si *La Recherche* a été longue à s'imposer, et même à être déchiffrable, c'est à cause de sa complexité, mais aussi en raison de sa nouveauté. Pour la première fois, un roman était à la fois une œuvre d'art et une œuvre sur l'art. Les lecteurs de Proust ne lisent pas le *Contre Sainte-Beuve* lorsqu'ils veulent savoir comment l'auteur écrit sur l'art – ils lisent *La Recherche*. Comment les femmes qui passent dans la rue sont devenues des *Renoir*, seul un texte analysant à la fois le regard du peintre et l'effet du passage du temps sur son œuvre peut nous l'apprendre.

C'est vrai de la peinture, et c'est vrai de la musique. À propos de la fameuse petite phrase de la sonate de Vinteuil, les exégètes, sans pouvoir se prononcer absolument, ont songé qu'il pouvait s'agir d'une mélodie de Gabriel Fauré, ou d'un compositeur voisin, contemporain de Proust. Ils pensaient avec raison que ce type de musique garderait à l'oreille de Proust une part de mystère, de charme à la fois familier et insondable. Le miracle de *La Recherche* est qu'elle est restée à ce jour, plus de cent ans après sa publication, comme la petite phrase de Vinteuil.

Nous lisons et relisons *La Recherche*, nous sommes en terrain de connaissance, mais nous découvrons chaque fois quelque chose de nouveau, quelque chose que nous n'avions pas su y voir avant. Nous comprenons, et nous ne comprenons pas tout à fait. Et le plus fort, c'est que c'est *La Recherche* elle-même qui nous explique pourquoi il en est ainsi.

Trop près

« Comme elle me disait qu'Elstir était bête et que je me récriais :

"Vous ne me comprenez pas, répliqua-t-elle en souriant, je veux dire qu'il a été bête en cette circonstance, mais je sais parfaitement que c'est quelqu'un de tout à fait distingué."

De même, pour dire du golf de Fontainebleau qu'il était élégant, elle déclara :

"C'est tout à fait une sélection."

À propos d'un duel que j'avais eu, elle me dit de mes témoins : "Ce sont des témoins de choix", et regardant ma figure avoua qu'elle aimerait me voir "porter la moustache". Elle alla même, et mes chances me parurent alors très grandes, jusqu'à prononcer, terme que, je l'eusse juré, elle ignorait l'année précédente, que depuis qu'elle avait vu Gisèle il s'était passé un certain “laps de temps”. Ce n’est pas qu’Albertine ne possédât déjà quand j’étais à Balbec un lot très sortable de ces expressions qui décèlent immédiatement qu’on est issu d’une famille aisée, et que d’année en année une mère abandonne à sa fille comme elle lui donne, au fur et à mesure qu’elle grandit, dans les circonstances importantes, ses propres bijoux. On avait senti qu’Albertine avait cessé d’être une petite enfant quand un jour, pour remercier d’un cadeau qu’une étrangère lui avait fait, elle avait répondu : “Je suis confuse.” Mme Bontemps n’avait pu s’empêcher de regarder son mari, qui avait répondu :

“Dame, elle va sur ses quatorze ans.”

La nubilité plus accentuée s’était marquée quand Albertine, parlant d’une jeune fille qui avait mauvaise façon, avait dit : “On ne peut même pas distinguer si elle est jolie, elle a un *pied de rouge* sur la figure.” Enfin, quoique jeune fille encore, elle prenait déjà des façons de femme de son milieu et de son rang en disant, si quelqu’un faisait des grimaces : “Je ne peux pas le voir parce que j’ai envie d’en faire aussi”, ou si on s’amusait à des imitations : “Le plus drôle, quand vous la contrefaites, c’est que vous lui ressemblez.” Tout cela est tiré du trésor social. Mais justement le milieu d’Albertine ne me paraissait pas pouvoir lui fournir “distingué” dans le sens où mon père disait de tel de ses collègues qu’il ne connaissait pas encore et dont on lui vantait la grande intelligence : “Il paraît que c’est quelqu’un de tout à fait distingué.” “Sélection”, même pour le golf, me parut aussi incompatible avec la famille Simonet qu’il le serait, accompagné de l’adjectif “naturelle”, avec un texte antérieur de plusieurs siècles aux travaux de Darwin. “Laps de temps” me sembla de meilleur augure encore. Enfin m’apparut l’évidence de bouleversements que je ne connaissais pas, mais propres à autoriser pour moi toutes les espérances, quand Albertine me dit, avec la satisfaction d’une personne dont l’opinion n’est pas indifférente :

“C’est, *à mon sens*, ce qui pouvait arriver de mieux... J’estime que c’est la meilleure solution, la solution élégante.”

C’était si nouveau, si visiblement une alluvion laissant soupçonner de si capricieux détours à travers des terrains jadis inconnus d’elle que, dès les mots “à mon sens”, j’attirai Albertine, et à “j’estime” je l’assis sur mon lit.

Sans doute il arrive que des femmes peu cultivées, épousant un homme fort lettré, reçoivent dans leur apport dotal de telles expressions. Et peu après la métamorphose qui suit la nuit de noces, quand elles font leurs visites et sont réservées avec leurs anciennes amies, on remarque avec étonnement qu'elles sont devenues femmes si, en décrétant qu'une personne est intelligente, elles mettent deux *l* au mot intelligente ; mais cela est justement le signe d'un changement, et il me semblait qu'entre le vocabulaire de l'Albertine que j'avais connue – celui où les plus grandes hardiesses étaient de dire d'une personne bizarre : "C'est un type", ou si on proposait à Albertine de jouer : "Je n'ai pas d'argent à perdre", ou encore, si telle de ses amies lui faisait un reproche qu'elle ne trouvait pas justifié : "Ah ! vraiment, je te trouve magnifique !", phrases dictées dans ces cas-là par une sorte de tradition bourgeoise presque aussi ancienne que le *Magnificat* lui-même et qu'une jeune fille un peu en colère et sûre de son droit emploie ce qu'on appelle "tout naturellement", c'est-à-dire parce qu'elle les a apprises de sa mère comme à faire sa prière ou à saluer. Toutes celles-là, Mme Bontemps les lui avait apprises en même temps que la haine des Juifs et que l'estime pour le noir où on est toujours convenable et comme il faut, même sans que Mme Bontemps le lui eût formellement enseigné, mais comme se modèle au gazouillement des parents chardonnerets celui des chardonnerets récemment nés, de sorte qu'ils deviennent de vrais chardonnerets eux-mêmes. Malgré tout, "sélection" me parut allogène et “j’estime” encourageant. Albertine n’était plus la même, donc elle n’agirait peut-être pas, ne réagirait pas de même. »

Le Côté de Guermantes II,
« Chapitre Deuxième »

Les proches de Marcel Proust ont témoigné du don exceptionnel qu’il avait pour imiter, par les gestes, mais surtout par le langage, tous ceux qu’il côtoyait. Ce talent était poussé à l’extrême quand il singeait les propos extravagants du très maniéré poète Robert de Montesquiou, figure célèbre du Tout-Paris mondain, qui eut vent de ce talent, et en voulut beaucoup à Marcel. En lisant *La Recherche*, on a l’impression d’entendre la voix de Françoise, on va même jusqu’à lui prêter un accent. De même, les fautes de français du directeur de l’hôtel de Balbec nous font d’autant plus rire ou sourire qu’elles ne sont pas gratuites, mais reflètent l’essence du personnage, sa servilité et sa prétention.

Dans le cas de Françoise et du directeur, la mise en valeur de leur langage a une vocation spectaculaire et comique. Combien plus subtile est la perception des différentes strates du discours d’Albertine ! En s’approchant de l’être aimé, le narrateur redouble de lucidité, distingue les éléments récemment rapportés de ceux qui ont marqué tour à tour l’évolution d'Albertine. Le vocabulaire est associé à des idées reçues. On se demande comment on peut rester amoureux d'un être dans lequel on voit aussi clair, et c'est pourtant l'amour qui justifie l'intensité de l'analyse. On le sent bien. Plus le narrateur connaîtra l'autre et plus il sera seul.

Exaspérer le temps

« Les jours qui précédèrent mon dîner avec Mme de Stermaria me furent, non pas délicieux, mais insupportables. C'est qu'en général, plus le temps qui nous sépare de ce que nous nous proposons est court, plus il nous semble long, parce que nous lui appliquons des mesures plus brèves ou simplement parce que nous songeons à le mesurer. La papauté, dit-on, compte par siècles, et peut-être même ne songe pas à compter, parce que son but est à l'infini. Le mien étant seulement à la distance de trois jours, je comptais par secondes, je me livrais à ces imaginations qui sont des commencements de caresses, de caresses qu'on enrage de ne pouvoir faire achever par la femme elle-même (ces caresses-là précisément, à l'exclusion de toutes autres). Et en somme, s'il est vrai qu'en général la difficulté d'atteindre l'objet d'un désir l'accroît (la difficulté, non l'impossibilité, car cette dernière le supprime), pourtant pour un désir tout physique, la certitude qu'il sera réalisé à un moment prochain et déterminé n'est guère moins exaltante que l'incertitude ; presque autant que le doute anxieux, l'absence de doute rend intolérable l'attente du plaisir infaillible parce qu'elle fait de cette attente un accomplissement innombrable et, par la fréquence des représentations anticipées, divise le temps en tranches aussi menues que ferait l'angoisse. »

Le Côté de Guermantes II,
« Chapitre Deuxième »

Le temps est toujours le personnage principal des romans. Il se déroule sur un plan horizontal, avec de possibles retours en arrière, même s'il s'agit de science-fiction. Mais Proust a inventé le roman à la fois horizontal et vertical. Horizontal. Le narrateur vieillit tout au long de *La Recherche*, et avec lui tous ceux qu'il connaît, tous ceux qu'il aime. Vertical. C'est le roman de la petite madeleine, souvent réduite à une simple réminiscence, au remplacement du présent par le passé, alors qu'il s'agit d'une multiplication vertigineuse : la présence du passé dans le présent.

Le génie de Proust, son travail sur le temps ne s'arrêtent pas là. Dans ce passage, il montre que le temps n'est pas une donnée objective. Le temps est une opération mentale. Il se dilate ou se rétracte en fonction de nos espoirs, de nos attentes. Le temps qui nous sépare d'un plaisir proche est insupportable de longueur, presque aussi douloureux que l'anxiété. On sait déjà que le plaisir sera moins intense que son attente. Que ce qui compte vraiment, c'est d'avoir su exaspérer le temps de juste avant.

Transposabilité

« Quand une femme intelligente, instruite, spirituelle, avait épousé un timide butor qu'on voyait rarement et qu'on n'entendait jamais, Mme de Guermantes s'inventait un beau jour une volupté spirituelle non pas seulement en décriant la femme, mais en "découvrant" le mari. Dans le ménage Cambremer par exemple, si elle eût vécu alors dans ce milieu, elle eût décrété que Mme de Cambremer était stupide, et en revanche, que la personne intéressante, méconnue, délicieuse, vouée au silence par une femme jacassante, mais la valant mille fois, était le marquis, et la duchesse eût éprouvé à déclarer cela le même genre de rafraîchissement que le critique qui, depuis soixante-dix ans qu'on admire *Hernani*, confesse lui préférer *Le Lion amoureux*. À cause du même besoin maladif de nouveautés arbitraires, si depuis sa jeunesse, on plaignait une femme modèle, une vraie sainte, d'avoir été mariée à un coquin, un beau jour Mme de Guermantes affirmait que ce coquin était un homme léger, mais plein de cœur, que la dureté implacable de sa femme avait poussé à de vraies inconséquences. Je savais que ce n'était pas seulement entre les œuvres, dans la longue série des siècles, mais jusqu'au sein d'une même œuvre, que la critique joue à replonger dans l'ombre ce qui depuis trop longtemps était radieux et à en faire sortir ce qui semblait voué à l'obscurité définitive. Je n'avais pas seulement vu Bellini, Winterhalter, les architectes jésuites, un ébéniste de la Restauration, venir prendre la place de génies qu'on avait dits fatigués simplement parce que les oisifs intellectuels s'en étaient fatigués, comme sont toujours fatigués et changeants les neurasthéniques. J'avais vu préférer en Sainte-Beuve tour à tour le critique et le poète, Musset renié quant à ses vers, sauf pour de petites pièces fort insignifiantes, et exalté comme conteur. Sans doute certains essayistes ont tort de mettre au-dessus des scènes les plus célèbres du *Cid* ou de *Polyeucte* telle tirade du *Menteur* qui donne, comme un plan ancien, des renseignements sur le Paris de l'époque, mais leur prédilection, justifiée sinon par des motifs de beauté, au moins par un intérêt documentaire, est encore trop rationnelle pour la critique folle. Elle donne tout Molière pour un vers de *L'Étourdi*, et, même en trouvant le *Tristan* de Wagner assommant, en sauvera une "jolie note de cor", au moment où passe la chasse. Cette dépravation m'aida à comprendre celle dont faisait preuve Mme de Guermantes quand elle décidait qu'un homme de leur monde reconnu pour un brave cœur, mais sot, était un monstre d'égoïsme, plus fin qu'on ne croyait, qu'un autre connu pour sa générosité pouvait symboliser l'avarice, qu'une bonne mère ne tenait pas à ses enfants, et qu'une femme qu'on croyait vicieuse avait les plus nobles sentiments. Comme gâtées par la nullité de la vie mondaine, l'intelligence et la sensibilité de Mme de Guermantes étaient trop vacillantes pour que le dégoût ne succédât pas assez vite chez elle à l'engouement (quitte à se sentir de nouveau attirée vers le genre d'esprit qu'elle avait tour à tour recherché et délaissé) et pour que le charme qu'elle avait trouvé à un homme de cœur ne se changeât pas, s'il la fréquentait trop, cherchait trop en elle des directions qu'elle était incapable de lui donner, en un agacement qu'elle croyait produit par son admirateur et qui ne l'était que par l'impuissance où on est de trouver du plaisir quand on se contente de le chercher. »

Le Côté de Guermantes II,
« Chapitre Deuxième »

Transposabilité. Le mot n'existe pas. Mais sous la lourdeur du néologisme on voit se dessiner un critère essentiel de l'œuvre proustienne. Critère flagrant dans ce passage. De nos jours, ce n'est pas l'aristocratie du faubourg Saint-Germain qui préside aux diktats du snobisme. Mais Mme de Guermantes est à elle seule toute l'intelligentsia parisienne d'aujourd'hui. Faire d'une personnalité considérée par le commun des mortels comme une sombre brute le parangon de la finesse et de la sensibilité, prêter à un chanteur de variété de troisième zone un univers poétique d'une richesse inégalée sont des opérations mentales qui séduisent dans un premier temps, puis qui s'imposent, et finissent par définir un *politiquement correct* aussi intangible que paradoxal. Pour celui qui lance l'idée le premier, il y a sûrement l'ivresse de se sentir audacieux, différent, provocant à l'égard des esprits les plus proches de lui, et donc les plus ennemis – comme en politique. Mais l'analyse proustienne du monde contemporain va au-delà. Car elle nous montre aussi combien ceux qui se considèrent comme les plus libres, les plus détachés des contingences, sont en fait les plus typés, les plus enfermés par leur snobisme même dans un statut intellectuel et social devenu prévisible – les plus conformistes.

Être inverti et solitaire

« Car personne ne sait tout d'abord qu'il est inverti, ou poète, ou snob, ou méchant. Tel collégien qui apprenait des vers d'amour ou regardait des images obscènes, s'il se serrait alors contre un camarade, s'imaginait seulement communier avec lui dans un même désir de la femme. Comment croirait-il n'être pas pareil à tous, quand ce qu'il éprouve il en reconnaît la substance en lisant Mme de Lafayette, Racine, Baudelaire, Walter Scott, alors qu'il est encore trop peu capable de s'observer soi-même pour se rendre compte de ce qu'il ajoute de son cru, et que si le sentiment est le même l'objet diffère, que ce qu'il désire c'est Rob-Roy et non Diana Vernon ? Chez beaucoup, par une prudence défensive de l'instinct qui précède la vue plus claire de l'intelligence, la glace et les murs de leur chambre disparaissent sous des chromos représentant des actrices ; ils font des vers tels que :

Je n'aime que Chloé au monde,
Elle est divine, elle est blonde,
Et d'amour mon cœur s'inonde.

Faut-il pour cela mettre au commencement de ces vies un goût qu'on ne devait point retrouver chez eux dans la suite, comme ces boucles blondes des enfants qui doivent ensuite devenir les plus bruns ? Qui sait si les photographies de femmes ne sont pas un commencement d'hypocrisie, un commencement aussi d'horreur pour les autres invertis ? Mais les solitaires sont précisément ceux à qui l'hypocrisie est douloureuse. Peut-être l'exemple des Juifs, d'une colonie différente, n'est-il même pas assez fort pour expliquer combien l'éducation a peu de prise sur eux, et avec quel art ils arrivent à revenir, peut-être pas à quelque chose d'aussi simplement atroce que le suicide (où les fous, quelque précaution qu'on prenne, reviennent et, sauvés de la rivière où ils se sont jetés, s'empoisonnent, se procurent un revolver, etc.), mais à une vie dont les hommes de l'autre race non seulement ne comprennent pas, n'imaginent pas, haïssent les plaisirs nécessaires, mais encore dont le danger fréquent et la honte permanente leur feraient horreur. Peut-être, pour les peindre, faut-il penser sinon aux animaux qui ne se domestiquent pas, aux lionceaux prétendus apprivoisés mais restés lions, du moins aux noirs que l'existence confortable des blancs désespère et qui préfèrent les risques de la vie sauvage et ses incompréhensibles joies. Quand le jour est venu où ils se sont découverts incapables à la fois de mentir aux autres et de se mentir à soi-même, ils partent vivre à la campagne, fuyant leurs pareils (qu'ils croient peu nombreux) par horreur de la monstruosité ou crainte de la tentation, et le reste de l'humanité par honte. N'étant jamais parvenus à la véritable maturité, tombés dans la mélancolie, de temps à autre, un dimanche sans lune, ils vont faire une promenade sur un chemin jusqu'à un carrefour, où sans qu'ils se soient dit un mot, est venu les attendre un de leurs amis d'enfance qui habite un château voisin. Et ils recommencent les jeux d'autrefois, sur l'herbe, dans la nuit, sans échanger une parole. En semaine, ils se voient l'un chez l'autre, causent de n'importe quoi, sans une allusion à ce qui s'est passé, exactement comme s'ils n'avaient rien fait et ne devaient rien refaire, sauf, dans leurs rapports, un peu de froideur, d'ironie, d'irritabilité et de rancune, parfois de la haine. Puis le voisin part pour un dur voyage à cheval, et, à mulet, ascensionne des pics, couche dans la neige ; son ami, qui identifie son propre vice avec une faiblesse de tempérament, la vie casanière et timide, comprend que le vice ne pourra plus vivre en son ami émancipé, à tant de milliers de mètres au-dessus du niveau de la mer. Et en effet, l'autre se marie. Le délaissé pourtant ne guérit pas (malgré les cas où l'on verra que l'inversion est guérissable). Il exige de recevoir lui-même le matin dans sa cuisine la crème fraîche des mains du garçon laitier et, les soirs où des désirs l'agitent trop, il s'égare jusqu'à remettre dans son chemin un ivrogne, jusqu'à arranger la blouse de l'aveugle. Sans doute la vie de certains invertis paraît quelquefois changer, leur vice (comme on dit) n'apparaît plus dans leurs habitudes ; mais rien ne se perd : un bijou caché se retrouve ; quand la quantité des urines d'un malade diminue, c'est bien qu'il transpire davantage, mais il faut toujours que l'excrétion se fasse. Un jour cet homosexuel perd un jeune cousin et, à son inconsolable douleur, vous comprenez que c'était dans cet amour, chaste peut-être et qui tenait plus à garder l'estime qu'à obtenir la possession, que les désirs avaient passé par virement, comme dans un budget, sans rien changer au total, certaines dépenses sont portées à un autre exercice. Comme il en est pour ces malades chez qui une crise d'urticaire fait disparaître pour un temps leurs indispositions habituelles, l'amour pur à l'égard d'un jeune parent semble, chez l'inverti, avoir momentanément remplacé, par métastase, des habitudes qui reprendront un jour ou l'autre la place du mal vicariant et guéri. »

Sodome et Gomorrhe I

Succédant au *Côté de Guermantes*, le début de *Sodome et Gomorrhe* annonce en exergue : « Première apparition des hommes-femmes, descendants de ceux des habitants de Sodome qui furent épargnés par le feu du ciel. » Le narrateur, qui épie le retour du duc et de la duchesse de Guermantes, est témoin de la rencontre amoureuse entre Charlus et Jupien, bientôt accompagnée de réflexions métaphoriques à caractère horticole sur l'homosexualité. Mais c'est dans ce passage que l'évocation de l'inversion prend une tonalité nouvelle, complètement détachée du roman, et touchante par sa mélancolie. Dans ce portrait qui se veut généralisant de la prise de conscience de l'homosexualité naissante, ce n'est plus le narrateur qui nous semble en cause, mais l'auteur lui-même. Cette solitude, cette douce malédiction qu'il faut vivre en solitaire, en inversant parfois aussi l'expression de ses sentiments, avant de les révéler comme malgré soi, le jugement de la société y peut peut-être quelque chose. Ou pas.

La luzerne défendue

« M. de Vaugoubert était un des seuls hommes du monde (peut-être le seul) qui se trouvât ce qu'on appelle à Sodome être "en confidences" avec M. de Charlus. Mais si notre ministre auprès du roi Théodose avait quelques-uns des mêmes défauts que le baron, ce n'était qu'à l'état de bien pâle reflet. C'était seulement sous une forme infiniment adoucie, sentimentale et niaise qu'il présentait ces alternances de sympathie et de haine par où le désir de charmer, et ensuite la crainte – également imaginaire – d'être, sinon méprisé, du moins découvert, faisait passer le baron. Rendues ridicules par une chasteté, un "platonisme" (auxquels en grand ambitieux il avait, dès l'âge du concours, sacrifié tout plaisir), par sa nullité intellectuelle surtout, ces alternances, M. de Vaugoubert les présentait pourtant. Mais tandis que chez M. de Charlus les louanges immodérées étaient clamées avec un véritable éclat d'éloquence, et assaisonnées des plus fines, des plus mordantes railleries et qui marquaient un homme à jamais, chez M. de Vaugoubert au contraire, la sympathie était exprimée avec la banalité d'un homme de dernier ordre, d'un homme du grand monde, et d'un fonctionnaire, les griefs (forgés généralement de toutes pièces comme chez le baron) par une malveillance sans trêve mais sans esprit et qui choquait d'autant plus qu'elle était d'habitude en contradiction avec les propos que le ministre avait tenus six mois avant et tiendrait peut-être à nouveau dans quelque temps : régularité dans le changement qui donnait une poésie presque astronomique aux diverses phases de la vie de M. de Vaugoubert, bien que sans cela personne moins que lui ne fit penser à un astre.

Le bonsoir qu'il me rendit n'avait rien de celui qu'aurait eu M. de Charlus. À ce bonsoir M. de Vaugoubert, outre les mille façons qu'il croyait celles du monde et de la diplomatie, donnait un air cavalier, fringant, souriant pour sembler d'une part ravi de l'existence – alors qu'il remâchait intérieurement les déboires d'une carrière sans avancement et menacée d'une mise à la retraite – d'autre part jeune, viril et charmant, alors qu'il voyait et n'osait même plus aller regarder dans sa glace les rides se figer aux entours d'un visage qu'il eût voulu garder plein de séductions. Ce n'est pas qu'il eût souhaité des conquêtes effectives dont la seule pensée lui faisait peur à cause du qu'en-dira-t-on, des éclats, des chantages. Ayant passé d'une débauche presque infantile à la continence absolue datant du jour où il avait pensé au quai d'Orsay et voulu faire une grande carrière, il avait l'air d'une bête en cage, jetant dans tous les sens des regards qui exprimaient la peur, l'appétence et la stupidité. La sienne était telle qu'il ne réfléchissait pas que les voyous de son adolescence n'étaient plus des gamins et que, quand un marchand de journaux lui criait en plein nez : *"La Presse !"* plus encore que de désir il frémissait d'épouvante, se croyant reconnu et dépisté.

Mais à défaut des plaisirs sacrifiés à l'ingratitude du quai d'Orsay, M. de Vaugoubert – et c'est pour cela qu'il aurait voulu plaire encore – avait de brusques élans de cœur. Dieu sait de combien de lettres il assommait le ministère, quelles ruses personnelles il déployait, combien de prélèvements il opérait sur le crédit de Mme de Vaugoubert (qu'à cause de sa corpulence, de sa haute naissance, de son air masculin, et surtout à cause de la médiocrité du mari, on croyait douée de capacités éminentes et remplissant les vraies fonctions de ministre), pour faire entrer sans aucune raison valable un jeune homme dénué de tout mérite dans le personnel de la légation. Il est vrai que quelques mois, quelques années après, pour peu que l'insignifiant attaché parût, sans l'ombre d'une mauvaise intention, avoir donné des marques de froideur à son chef, celui-ci se croyant méprisé ou trahi mettait la même ardeur hystérique à le punir que jadis à le combler. Il remuait ciel et terre pour qu'on le rappelât et le directeur des Affaires politiques recevait journellement une lettre : "Qu'attendez-vous pour me débarrasser de ce lascar-là ? Dressez-le un peu dans son intérêt. Ce dont il a besoin c'est de manger un peu de vache enragée." Le poste d'attaché auprès du roi Théodose était à cause de cela peu agréable. Mais pour tout le reste, grâce à son parfait bon sens d'homme du monde, M. de Vaugoubert était un des meilleurs agents du gouvernement français à l'étranger. Quand un homme prétendu supérieur, jacobin, qui était savant en toutes choses, le remplaça plus tard, la guerre ne tarda pas à éclater entre la France et le pays dans lequel régnait le roi.

M. de Vaugoubert comme M. de Charlus n'aimait pas dire bonjour le premier. L'un et l'autre préféraient "répondre", craignant toujours les potins que celui auquel ils eussent sans cela tendu la main avait pu entendre sur leur compte depuis qu'ils ne l'avaient vu. Pour moi, M. de Vaugoubert n'eut pas à se poser la question, j'étais en effet allé le saluer le premier, ne fût-ce qu'à cause de la différence d'âge. Il me répondit d'un air émerveillé et ravi, ses deux yeux continuant à s'agiter comme s'il y avait eu de la luzerne défendue à brouter de chaque côté. »

Sodome et Gomorrhe I,
« Chapitre Premier »

Il y a, dans la dernière phrase de ce passage, comme dans pas mal de saillies humoristiques proustiennes, une vivacité et une fantaisie irrésistibles. Elles sont ici à l'image de la cruauté dont fait preuve le narrateur à l'égard d'un type humain qu'il méprise très particulièrement. M. de Vaugoubert est certes une personne, mais surtout un modèle : celui de l'inverti honteux, ayant renoncé à ses aspirations profondes non pour les réprimer par l'ascèse, mais pour assouvir ce qui est aux yeux du narrateur – et sans doute aux yeux de Proust lui-même – l'ambition la plus méprisable : celle d'une carrière diplomatique. C'est sa nullité intellectuelle qui donne à M. de Vaugoubert sa réussite professionnelle, une transparence affectée qui ne dérange pas l'ordre des nations. Son amabilité mondaine cache ses aigreurs recuites, sa méchanceté, et surtout sa terreur d'être découvert, percé à jour dans cette part de lui qu'il sait être le vrai lui-même, et qu'il tente de dissimuler non par honte mais par calcul social.

Mauvais genre

« On disait au ministère, sans y mettre ombre de malice, que dans le ménage, c'était le mari qui portait les jupes et la femme les culottes. Or il y avait plus de vérité là-dedans qu'on ne le croyait. Mme de Vaugoubert, c'était un homme. Avait-elle toujours été ainsi, ou était-elle devenue ce que je la voyais, peu importe, car dans l'un et l'autre cas on a affaire à l'un des plus touchants miracles de la nature et qui, le second surtout, font ressembler le règne humain au règne des fleurs. Dans la première hypothèse – si la future Mme de Vaugoubert avait toujours été aussi lourdement hommasse – la nature, par une ruse diabolique et bienfaisante, donne à la jeune fille l'aspect trompeur d'un homme. Et l'adolescent qui n'aime pas les femmes et veut guérir trouve avec joie ce subterfuge de découvrir une fiancée qui lui représente un fort aux halles. Dans le cas contraire, si la femme n'a d'abord pas les caractères masculins, elle les prend peu à peu pour plaire à son mari, même inconsciemment, par cette sorte de mimétisme qui fait que certaines fleurs se donnent l'apparence des insectes qu'elles veulent attirer. Le regret de ne pas être aimée, de ne pas être homme, la virilise. Même en dehors du cas qui nous occupe, qui n'a remarqué combien les couples les plus normaux finissent par se ressembler, quelquefois même par interchanger leurs qualités ? Un ancien chancelier allemand, le prince de Bülow, avait épousé une Italienne. À la longue, sur le Pincio, on remarqua combien l'époux germanique avait pris de finesse italienne, et la princesse italienne de rudesse allemande. Pour sortir jusqu'à un point excentrique des lois que nous traçons, chacun connaît un éminent diplomate français dont l'origine n'était rappelée que par son nom, un des plus illustres de l'Orient. En mûrissant, en vieillissant, s'est révélé en lui l'Oriental qu'on n'avait jamais soupçonné, et en le voyant on regrette l'absence du fez qui le compléterait.

Pour en revenir à des mœurs fort ignorées de l'ambassadeur dont nous venons d'évoquer la silhouette ancestralement épaissie, Mme de Vaugoubert réalisait le type acquis ou prédestiné dont l'image immortelle est la princesse Palatine, toujours en habit de cheval et qui, ayant pris de son mari plus que la virilité, épousant les défauts des hommes qui n'aiment pas les femmes, dénonce dans ses lettres de commère les relations qu'ont entre eux tous les grands seigneurs de la cour de Louis XIV. Une des causes qui ajoutent encore à l'air masculin des femmes telles que Mme de Vaugoubert est que l'abandon où elles sont laissées par leur mari, la honte qu'elles en éprouvent, flétrissent peu à peu chez elles tout ce qui est de la femme. Elles finissent par prendre les qualités et les défauts que le mari n'a pas. Au fur et à mesure qu'il est plus frivole, plus efféminé, plus indiscret, elles deviennent comme l'effigie sans charme des vertus que l'époux devrait pratiquer. »

Sodome et Gomorrhe II,
« Chapitre Premier »

Plus de cent ans après, la chape de plomb qui pesait sur l'inversion sexuelle s'est considérablement allégée. Mais notre époque va souvent beaucoup plus loin, remettant en question la notion même de genre. Qu'est-ce qui est masculin, qu'est-ce qui est féminin ? L'analyse par Proust du couple Vaugoubert pourrait le faire considérer aujourd'hui comme un réactionnaire. Il n'est plus politiquement correct de dire que dans un couple l'homme est féminin, la femme masculine, et que la femme devient d'autant plus virile que l'homme se féminise au fil des ans. Pourtant, l'analyse de Proust – à laquelle manquent sans doute des considérations purement hormonales – est si souvent corroborée par la réalité qu'il nous suffit de regarder autour de nous pour y souscrire. Combien de couples *fonctionnent* ainsi, sinon pour le meilleur, du moins pour le moins mal, dans un équilibre qu'il sera toujours imprudent de décréter purement naturel, ou purement culturel !

Allumer le feu

« Dans l'ordinaire de la vie, les yeux de la duchesse de Guermantes étaient distraits et un peu mélancoliques ; elle les faisait briller seulement d'une flamme spirituelle chaque fois qu'elle avait à dire bonjour à quelque ami, absolument comme si celui-ci avait été quelque mot d'esprit, quelque trait charmant, quelque régal pour délicats dont la dégustation a mis une expression de finesse et de joie sur le visage du connaisseur. Mais pour les grandes soirées, comme elle avait trop de bonjours à dire, elle trouvait qu'il eût été fatigant, après chacun d'eux, d'éteindre à chaque fois la lumière. Tel un gourmet de littérature, allant au théâtre voir une nouveauté d'un des maîtres de la scène, témoigne sa certitude de ne pas passer une mauvaise soirée en ayant déjà, tandis qu'il remet ses affaires à l'ouvreuse, sa lèvre ajustée pour un sourire sagace, son regard avivé pour une approbation malicieuse ; ainsi c'était dès son arrivée que la duchesse allumait pour toute la soirée. Et tandis qu'elle donnait son manteau du soir, d'un magnifique rouge Tiepolo, lequel laissa voir un véritable carcan de rubis qui enfermait son cou, après avoir jeté sur sa robe ce dernier regard rapide, minutieux et complet de couturière qui est celui d'une femme du monde, Oriane s'assura du scintillement de ses yeux non moins que de ses autres bijoux. »

Sodome et Gomorrhe II,
« Chapitre Premier »

Il est souvent question dans *La Recherche* de devenir les choses. À propos du sommeil, dès les dix premières lignes de l'ouvrage, nous pouvons lire : « Il me semblait que j'étais moi-même ce dont parlait l'ouvrage : une église, un quatuor, la rivalité de François Ier et de Charles Quint. » La duchesse de Guermantes allume le feu de son sourire en croisant quelque ami « comme si celui-ci avait été quelque mot d'esprit, quelque trait charmant, quelque régal pour délicats ». Si l'autre provoque chez elle cet excès de lumière qui la transfigure et lui donne toute sa beauté, c'est que l'autre n'est pas l'autre :

il est elle-même, il est le talent qu'elle a pour trouver à sourire au spectacle de la création cristallisé dans la rencontre de n'importe quel autre. Dans les soirées mondaines, Mme de Guermantes renonce à la fatigue de devenir une guirlande clignotante, et décide de rester un éblouissement continu. Mais il y a un moment terrifiant : c'est celui où, avant même de rencontrer le premier invité, elle inspecte d'un coup d'œil l'impeccabilité de sa tenue et *allume la lumière*, dans une mécanique de la fascination qui dévoile le stratagème.

Tragi-comédie

« Je comprenais très bien le charme que ce grand palace pouvait offrir à certaines personnes. Il était dressé comme un théâtre, et une nombreuse figuration l'animait jusque dans les cintres. Bien que le client ne fût qu'une sorte de spectateur, il était mêlé perpétuellement au spectacle, non même comme dans ces théâtres où les acteurs jouent une scène dans la salle, mais comme si la vie du spectateur se déroulait au milieu des somptuosités de la scène. Le joueur de tennis pouvait rentrer en veston de flanelle blanche, le concierge s'était mis en habit bleu galonné d'argent pour lui donner ses lettres. Si ce joueur de tennis ne voulait pas monter à pied, il n'était pas moins mêlé aux acteurs en ayant à côté de lui pour faire monter l'ascenseur le lift aussi richement costumé. Les couloirs des étages dérobaient une fuite de caméristes et de courrières, belles sur la mer comme la frise des Panathénées, et jusqu'aux petites chambres desquelles les amateurs de la beauté féminine ancillaire arrivaient par de savants détours. En bas, c'était l'élément masculin qui dominait et faisait de cet hôtel, à cause de l'extrême et oisive jeunesse des serviteurs, comme une sorte de tragédie judéo-chrétienne ayant pris corps et perpétuellement représentée. Aussi ne pouvais-je m'empêcher de me dire à moi-même, en les voyant, non certes les vers de Racine qui m'étaient venus à l'esprit chez la princesse de Guermantes tandis que M. de Vaugoubert regardait de jeunes secrétaires d'ambassade saluant M. de Charlus, mais d'autres vers de Racine, cette fois-ci non plus d'*Esther* mais d'*Athalie* : car dès le hall, ce qu'au XVIIe siècle on appelait les portiques, "un peuple florissant" de jeunes chasseurs se tenait, surtout à l'heure du goûter, comme les jeunes Israélites des chœurs de Racine. Mais je ne crois pas qu'un seul eût pu fournir même la vague réponse que Joas trouve pour Athalie quand celle-ci demande au prince enfant : "Quel est donc votre emploi ?" car ils n'en avaient aucun. Tout au plus, si l'on avait demandé à n'importe lequel d'entre eux, comme la vieille reine :

“Mais tout ce peuple enfermé dans ce lieu,
À quoi s’occupe-t-il ?”

aurait-il pu dire :

“Je vois l’ordre pompeux de ces cérémonies

et j’y contribue.” Parfois un des jeunes figurants allait vers quelque personnage plus important, puis cette jeune beauté rentrait dans le chœur, et à moins que ce ne fût l’instant d’une détente contemplative, tous entrelaçaient leurs évolutions inutiles, respectueuses, décoratives et quotidiennes. Car sauf leur “jour de sortie”, “loin du monde élevés” et ne franchissant pas le parvis, ils menaient la même existence ecclésiastique que les lévites dans *Athalie*, et devant cette “troupe jeune et fidèle” jouant aux pieds des degrés couverts de tapis magnifiques, je pouvais me demander si je pénétrais dans le Grand-Hôtel de Balbec ou dans le temple de Salomon. »

Sodome et Gomorrhe II,
« Chapitre Premier »

Le directeur du Grand-Hôtel de Balbec se prend à tout coup les pieds dans le tapis du vocabulaire. Il regrette que les employés mâles costumés chargés d’accueillir les clients n’aient pas assez de *présence* – mais le narrateur pense qu'il utilise ce terme à tort, et qu'il veut dire *prestance*. Car c'est bien de prestance et de décorum qu'il s'agit. La comparaison entre l'hôtel et un théâtre où l'on jouerait une tragédie racinienne vaut surtout par cette agitation inutile et nécessaire du chœur antique, où de jeunes hommes déguisés jouent un rôle qu'ils auraient bien du mal à définir eux-mêmes.

On n'est pas loin de cette répartition des tâches sur les perrons et dans les halls des palaces aujourd'hui. Des employés galonnés et casquettés y saluent avec une déférence ostentatoire des clients en short et en tongs qui ne paraissent pas gênés de ce contraste. Les clients sont un peu différents en apparence, mais la tragédie est la même. Ou bien la comédie.

Oui oui oui oui

« Bien vite, le lift, ayant retiré ce que j'eusse appelé sa livrée et ce qu'il nommait sa tunique, apparaissait en chapeau de paille, avec une canne, soignant sa démarche et le corps redressé, car sa mère lui avait recommandé de ne jamais prendre le genre "ouvrier" ou "chasseur". De même que grâce aux livres la science l'est à un ouvrier qui n'est plus ouvrier quand il a fini son travail, de même, grâce au canotier et à la paire de gants, l'élégance devenait accessible au lift qui, ayant cessé pour la soirée de faire monter les clients, se croyait, comme un jeune chirurgien qui a retiré sa blouse, ou le maréchal des logis Saint-Loup son uniforme, devenu un parfait homme du monde. Il n'était pas d'ailleurs sans ambition, ni talent non plus pour manipuler sa cage et ne pas vous arrêter entre deux étages. Mais son langage était défectueux. Je croyais à son ambition parce qu'il disait en parlant du concierge, duquel il dépendait : "Mon concierge", sur le même ton qu'un homme possédant à Paris ce que le chasseur eût appelé "un hôtel particulier", eût parlé de son portier. Quant au langage du liftier, il est curieux que quelqu'un qui entendait cinquante fois par jour un client appeler : "Ascenseur", ne dît jamais lui-même qu' "accenseur". Certaines choses étaient extrêmement agaçantes chez ce liftier : quoi que je lui eusse dit, il m'interrompait par une locution, "Vous pensez !" ou "Pensez !", qui semblait signifier ou bien que ma remarque était d'une telle évidence que tout le monde l'eût trouvée, ou bien reporter sur lui le mérite comme si c'était lui qui attirait mon attention là-dessus. "Vous pensez !" ou "Pensez !", exclamé avec la plus grande énergie, revenait toutes les deux minutes dans sa bouche, pour des choses dont il ne se fût jamais avisé, ce qui m'irritait tant que je me mettais aussitôt à dire le contraire pour lui montrer qu'il n'y comprenait rien. Mais à ma seconde assertion, bien qu'elle fût inconciliable avec la première, il ne répondait pas moins : "Vous pensez !", "Pensez !", comme si ces mots étaient inévitables. Je lui pardonnais difficilement aussi qu'il employât certains termes de son métier et qui eussent à cause de cela été parfaitement convenables au propre, seulement dans le sens figuré, ce qui leur donnait une intention spirituelle assez bébête, par exemple le verbe pédaler. Jamais il n'en usait quand il avait fait une course à bicyclette. Mais si à pied, il s'était dépêché pour être à l'heure, pour signifier qu'il avait marché vite il disait : "Vous pensez si on a pédalé !" Le liftier était plutôt petit, mal bâti et assez laid. Cela n'empêchait pas que chaque fois qu'on lui parlait d'un jeune homme de taille haute, élancée et fine, il disait : "Ah ! oui, je sais, un qui est juste de ma grandeur." Et un jour que j'attendais une réponse de lui, comme on avait monté l'escalier, au bruit des pas j'avais par impatience ouvert la porte de ma chambre et j'avais vu un chasseur beau comme Endymion, les traits incroyablement parfaits, qui venait pour une dame que je ne connaissais pas. Quand le liftier était rentré, en lui disant avec quelle impatience j'avais attendu sa réponse, je lui avais raconté que j'avais cru qu'il montait mais que c'était un chasseur de l'hôtel de Normandie. "Ah ! oui, je sais lequel, me dit-il, il n'y en a qu'un, un garçon de ma taille. Comme figure aussi il me ressemble tellement qu'on pourrait nous prendre l'un pour l'autre, on dirait tout à fait mon frangin." Enfin il voulait paraître avoir tout compris dès la première seconde, ce qui faisait que dès qu'on lui recommandait quelque chose il disait : "Oui,

oui, oui, oui, oui, je comprends très bien", avec une netteté et un ton intelligent qui me firent quelque temps illusion ; [...] »

Sodome et Gomorrhe II,
« Chapitre II »

Fût-elle superficielle, destinée seulement à éviter un silence qui deviendrait pesant. Fût-elle légèrement condescendante, entreprise avec un employé subalterne auquel on tient à manifester son humanité, en dissipant aussi une possible timidité réciproque, la conversation n'est pas un exercice inoffensif. Elle peut devenir d'emblée agaçante, quand l'interlocuteur oppose aussitôt la contradiction à une phrase que vous aviez cru proférer par simple politesse. Plus irritante encore lorsque, pour dissiper la gêne qui s'installait, vous avez eu l'héroïsme de lancer quelques mots sur les conditions climatiques, et qu'en face de vous la personne vous toise d'un regard ironique, avant de répondre sur un ton détaché qui condamne la banalité de votre avancée. Mais le pire des cas, c'est peut-être cet assentiment systématique du liftier du Grand-Hôtel, qui coupe la parole au narrateur avec un *vous pensez* ou un *oui oui oui oui* bien trop précipités pour exprimer la compréhension réelle ou l'adhésion, et stigmatisent l'inconfort d'un faux partage.

Cachez ce Poussin que je ne saurais voir

« Mais le nom de Poussin, sans altérer l'aménité de la femme du monde, souleva les protestations de la dilettante. En entendant ce nom, Mme de Cambremer fit entendre à six reprises que ne séparait presque aucun intervalle, ce petit claquement de la langue contre les lèvres qui sert à signifier à un enfant qui est en train de faire une bêtise, à la fois un blâme d'avoir commencé et l'interdiction de poursuivre. "Au nom du ciel, après un peintre comme Monet, qui est tout bonnement un génie, n'allez pas nommer un vieux poncif sans talent comme Poussin. Je vous dirai tout nûment que je le trouve le plus barbifiant des raseurs. Qu'est-ce que vous voulez, je ne peux pourtant pas appeler cela de la peinture. Monet, Degas, Manet, oui, voilà des peintres ! C'est très curieux", ajouta-t-elle, en fixant un regard scrutateur et ravi sur un point vague de l'espace où elle apercevait sa propre pensée, "c'est très curieux, autrefois je préférais Manet. Maintenant, j'admire toujours Manet, c'est entendu, mais je crois que je lui préfère peut-être encore Monet. Ah ! les cathédrales !" Elle mettait autant de scrupules que de complaisance à me renseigner sur l'évolution qu'avait suivie son goût. Et on sentait que les phases par lesquelles avait passé ce goût n'étaient pas, selon elle, moins importantes que les différentes manières de Monet lui-même. Je n'avais pas du reste à être flatté qu'elle me fît confidence de ses admirations, car, même devant la provinciale la plus bornée, elle ne pouvait pas rester cinq minutes sans éprouver le besoin de les confesser. Quand une dame noble d'Avranches, laquelle n'eût pas été capable de distinguer Mozart de Wagner, disait devant Mme de Cambremer : "Nous n'avons pas eu de nouveauté intéressante pendant notre séjour à Paris, nous avons été une fois à l'Opéra-Comique, on donnait *Pelléas et Mélisande*, c'est affreux", Mme de Cambremer non seulement bouillait mais éprouvait le besoin de s'écrier : "Mais au contraire, c'est un petit chef-d'œuvre", et de "discuter". C'était peut-être une habitude de Combray, prise auprès des sœurs de ma grand-mère qui appelaient cela : “combattre pour la bonne cause”, et qui aimaient les dîners où elles savaient, toutes les semaines, qu’elles auraient à défendre leurs dieux contre des Philistins. Telle Mme de Cambremer aimait à se “fouetter le sang” en se “chamaillant” sur l’art, comme d’autres sur la politique. Elle prenait le parti de Debussy comme elle aurait fait celui d’une de ses amies dont on eût incriminé la conduite. Elle devait pourtant bien comprendre qu’en disant : “Mais non, c’est un petit chef-d’œuvre”, elle ne pouvait pas improviser, chez la personne qu’elle remettait à sa place, toute la progression de culture artistique au terme de laquelle elles fussent tombées d’accord sans avoir besoin de discuter. “Il faudra que je demande à Le Sidaner ce qu’il pense de Poussin, me dit l’avocat. C’est un renfermé, un silencieux, mais je saurai bien lui tirer les vers du nez.”

“Du reste, continua Mme de Cambremer, j’ai horreur des couchers de soleil, c’est romantique, c’est opéra. C’est pour cela que je déteste la maison de ma belle-mère, avec ses plantes du Midi. Vous verrez, ça a l’air d’un parc de Monte-Carlo. C’est pour cela que j’aime mieux votre rive. C’est plus triste, plus sincère ; il y a un petit chemin d’où on ne voit pas la mer. Les jours de pluie, il n’y a que de la boue, c’est tout un monde. C’est comme à Venise, je déteste le

Grand Canal et je ne connais rien de touchant comme les petites ruelles. Du reste c'est une question d'ambiance. – Mais", lui dis-je, sentant que la seule manière de réhabiliter Poussin aux yeux de Mme de Cambremer c'était d'apprendre à celle-ci qu'il était redevenu à la mode, "M. Degas assure qu'il ne connaît rien de plus beau que les Poussin de Chantilly. – Ouais ? Je ne connais pas ceux de Chantilly, me dit Mme de Cambremer qui ne voulait pas être d'un autre avis que Degas, mais je peux parler de ceux du Louvre qui sont des horreurs. – Il les admire aussi énormément. – Il faudra que je les revoie. Tout cela est un peu ancien dans ma tête", répondit-elle après un instant de silence et comme si le jugement favorable qu'elle allait certainement bientôt porter sur Poussin devait dépendre, non de la nouvelle que je venais de lui communiquer, mais de l'examen supplémentaire et cette fois définitif qu'elle comptait faire subir aux Poussin du Louvre pour avoir la faculté de se déjuger. »

Sodome et Gomorrhe II,
« Chapitre II »

C'est sans doute en partie à cause de son âge que la marquise de Cambremer aime à faire entendre sa modernité d'esprit en ce qui concerne les jugements artistiques. Mais la façon dont elle rabroue le narrateur – coupable d'avoir comparé le coucher de soleil à un tableau de Nicolas Poussin – avec un claquement de langue réitéré d'une agressivité assez infamante, prouve que le sujet tourne vite chez elle au rapport de force. Elle relègue Poussin aux oubliettes, donne ses faveurs à Monet, défend Debussy. Ces escarmouches ne vont pas jusqu'à l'analyse. Elle revendique le nouveau pour être différente, et supérieure. Elle est snob.

Faussement docile, le narrateur sent que les certitudes de Mme de Cambremer ne sont pas très étayées. L'admiration de Degas pour Poussin fissure l'édifice. La marquise bat en retraite, mais, pour ne pas perdre la face, évoque la nécessité d'une inspection personnelle renouvelée des Poussin du Louvre. Ce qu'elle pense est flottant. Elle dit ce qu'il faut dire pour exister en majesté à ses propres yeux.

Et si Marcel était Marcel ?

« Mais ce plaisir de la voir dormir, et qui était aussi doux que la sentir vivre, un autre y mettait fin, et qui était celui de la voir s'éveiller. Il était, à un degré plus profond et plus mystérieux, le plaisir même qu'elle habitât chez moi. Sans doute il m'était doux l'après-midi, quand elle descendait de voiture, que ce fût dans mon appartement qu'elle rentrât. Il me l'était plus encore que, quand du fond du sommeil elle remontait les derniers degrés de l'escalier des songes, ce fût dans ma chambre qu'elle renaquît à la conscience et à la vie, qu'elle se demandât un instant "où suis-je ?", et voyant les objets dont elle était entourée, la lampe dont la lumière lui faisait à peine cligner les yeux, pût se répondre qu'elle était chez elle en constatant qu'elle s'éveillait chez moi. Dans ce premier moment délicieux d'incertitude, il me semblait que je prenais à nouveau plus complètement possession d'elle, puisque au lieu qu'après être sortie elle entrât dans sa chambre, c'était ma chambre, dès qu'elle serait reconnue par Albertine, qui allait l'enserrer, la contenir, sans que les yeux de mon amie manifestassent aucun trouble, restant aussi calmes que si elle n'avait pas dormi. L'hésitation du réveil, révélée par son silence, ne l'était pas par son regard.

Elle retrouvait la parole, elle disait : "Mon" ou "Mon chéri", suivis l'un ou l'autre de mon nom de baptême, ce qui, en donnant au narrateur le même prénom qu'à l'auteur de ce livre, eût fait : "Mon Marcel", "Mon chéri Marcel". Je ne permettais plus dès lors qu'en famille mes parents, en m'appelant aussi "chéri", ôtassent leur prix d'être uniques aux mots délicieux que me disait Albertine. Tout en me les disant elle faisait une petite moue qu'elle changeait d'elle-même en baiser. Aussi vite qu'elle s'était tout à l'heure endormie, aussi vite elle s'était réveillée. »

La Prisonnière

Tout au long de *La Recherche*, l'apprivoisement des chambres où il doit dormir est pour le narrateur l'objet d'une inquiétude, comme l'est celle de basculer dans le sommeil. Aussi n'est-il pas étonnant de voir que pour lui la possession ultime de l'amour d'Albertine consiste à la voir dormir chez lui, et plus encore de s'y éveiller, et de manifester bientôt comme un acquiescement à tout ce qui l'entoure. En s'éveillant dans cette chambre comme si elle était dans la sienne, c'est comme si Albertine devenait le narrateur lui-même.

Mais cette confusion bienheureuse de l'identité va même plus loin quand Albertine prononce les mots « "Mon" ou "Mon chéri", suivis l'un ou l'autre de mon nom de baptême, ce qui, en donnant au narrateur le même prénom qu'à l'auteur de ce livre, eût fait : "Mon Marcel", "Mon chéri Marcel" ». Le conditionnel de ce *eût fait* préserve bien fragilement la convention romanesque et interroge quant à la signification de ce *Marcel*. Et si le narrateur devenait Albertine ? Et si Marcel était Marcel ?

La vie multipliée

« Bien distincts dans ce quartier si tranquille (où les bruits n'étaient plus un motif de tristesse pour Françoise et en étaient devenus un de douceur pour moi) m'arrivaient, chacun avec sa modulation différente, des récitatifs déclamés par ces gens du peuple, comme ils le seraient dans la musique, si populaire, de *Boris*, où une intonation initiale est à peine altérée par l'inflexion d'une note qui se penche sur une autre, musique de la foule qui est plutôt un langage qu'une musique. C'était : "Ah ! le bigorneau, deux sous le bigorneau", qui faisait se précipiter vers les cornets où on vendait ces affreux petits coquillages, qui, s'il n'y avait pas eu Albertine, m'eussent répugné, non moins d'ailleurs que les escargots que j'entendais vendre à la même heure. Ici, c'était bien encore à la déclamation à peine lyrique de Moussorgsky que faisait penser le marchand, mais pas à elle seulement. Car après avoir presque "parlé" : "Les escargots, ils sont frais, ils sont beaux", c'était avec la tristesse et le vague de Maeterlinck, musicalement transposés par Debussy, que le marchand d'escargots, dans un de ces douloureux finales par où l'auteur de *Pelléas* s'apparente à Rameau ("Si je dois être vaincue, est-ce à toi d'être mon vainqueur ?"), ajoutait avec une chantante mélancolie : "On les vend six sous la douzaine..."

Il m'a toujours été difficile de comprendre pourquoi ces mots fort clairs étaient soupirés sur un ton si peu approprié, mystérieux, comme le secret qui fait que tout le monde a l'air triste dans le vieux palais où Mélisande n'a pas réussi à apporter la joie, et profond comme une pensée du vieillard Arkel qui cherche à proférer dans des mots très simples toute la sagesse et la destinée. Les notes mêmes sur lesquelles s'élève avec une douceur grandissante la voix du vieux roi d'Allemonde ou de Golaud, pour dire : "On ne sait pas ce qu'il y a ici. Cela peut paraître étrange. Il n'y a peut-être pas d'événements inutiles", ou bien : "Il ne faut pas s'effrayer... C'était un pauvre petit être mystérieux, comme tout le monde", étaient celles qui servaient au marchand d'escargots pour reprendre, en une cantilène indéfinie : "On les vend six sous la douzaine..." Mais cette lamentation métaphysique n'avait pas le temps d'expirer au bord de l'infini, elle était interrompue par une vive trompette. Cette fois il ne s'agissait pas de mangeailles, les paroles du libretto étaient : "Tond les chiens, coupe les chats, les queues et les oreilles."

Certes, la fantaisie, l'esprit de chaque marchand ou marchande, introduisaient souvent des variantes dans les paroles de toutes ces musiques que j'entendais de mon lit. Pourtant un arrêt rituel mettant un silence au milieu d'un mot, surtout quand il était répété deux fois, évoquait constamment le souvenir des vieilles églises. Dans sa petite voiture conduite par une ânesse qu'il arrêtait devant chaque maison pour entrer dans les cours, le marchand d'habits, portant un fouet, psalmodiait : "Habits, marchand d'habits, ha... bits" avec la même pause entre les deux dernières syllabes d'habits que s'il eût entonné en plain-chant : *"Per omnia saecula saeculo... rum"* ou : *"Requiescat in pa... ce"*, bien qu'il ne dût pas croire à l'éternité de ses habits et ne les offrît pas non plus comme linceuls pour le suprême repos dans la paix. »

La Prisonnière

Le Paris de Proust. Les modèles de Proust. Le monde de Proust… Bien souvent, les albums consacrés à l'univers de l'auteur contribuent à l'éloigner de nous, à le détacher de la chair de la vie, à l'isoler dans une tour d'ivoire poussiéreuse et surannée. Le fixer dans son temps et son milieu, c'est lui infliger une punition que *La Recherche* ne mérite pas, et qui va à l'encontre de sa substance.

Car *La Recherche* est bien vivante, vivifiée notamment par l'humour, le lien que Proust instille entre la culture et les situations les plus prosaïques. Ainsi le grand-père du narrateur, au demeurant très peu antisémite, mais trouvant que les amis de son petit-fils sont trop systématiquement juifs, se met à fredonner en présence de l'un d'eux la mélodie de *La Juive* correspondant aux paroles :

De ce timide Israélite,
Quoi, vous guidez ici les pas !

Ainsi Swann, qui trouve sans cesse des ressemblances entre les personnages des tableaux et ses contemporains, s'enquiert de la santé de la fille de cuisine en demandant : « Comment va la Charité de Giotto ? » Ainsi, surtout, dans ce passage évoquant les chants de la rue, le parallèle est irrésistible entre le texte « On les vend six sous la douzaine » et l'atmosphère symbolique et mélancolique de Maeterlinck visité par Debussy. La vie multiplie la vie.

Musique et geste du mensonge

« Des faits accessoires étayaient ma supposition. Ainsi, un jour où j'étais sorti seul, ayant rencontré près de Passy, Gisèle, nous causâmes de choses et d'autres. Bientôt, assez heureux de pouvoir le lui apprendre, je lui dis que je voyais constamment Albertine. Gisèle me demanda où elle pourrait la trouver car elle avait *justement* quelque chose à lui dire. “Quoi donc ? – Des choses qui se rapportent à de petites camarades à elle. – Quelles camarades ? Je pourrai peut-être vous renseigner, ce qui ne vous empêchera pas de la voir. – Oh ! des camarades d'autrefois, je ne me rappelle pas les noms”, répondit Gisèle d'un air vague, en battant en retraite. Elle me quitta, croyant avoir parlé avec une prudence telle que rien ne pouvait me paraître que très clair. Mais le mensonge est si peu exigeant, a besoin de si peu de chose pour se manifester ! S'il s'était agi de camarades d'autrefois, dont elle ne savait même pas les noms, pourquoi aurait-elle eu *justement* besoin d'en parler à Albertine ? Cet adverbe, assez parent d'une expression chère à Mme Cottard : "cela tombe à pic", ne pouvait s'appliquer qu'à une chose particulière, opportune, peut-être urgente, se rapportant à des êtres déterminés. D'ailleurs, rien que la façon d'ouvrir la bouche, comme quand on va bâiller, d'un air vague en me disant (en reculant presque avec son corps, comme elle faisait machine en arrière à partir de ce moment dans notre conversation) : "Ah ! je ne sais pas, je ne me rappelle pas les noms", faisait aussi bien de sa figure, et s'accordant avec elle, de sa voix, une figure de mensonge, que l'air tout autre, serré, animé, à l'avant, de "j'ai justement" signifiait une vérité. Je ne questionnai pas Gisèle. À quoi cela m'eût-il servi ? Certes, elle ne mentait pas de la même manière qu'Albertine. Et certes les mensonges d'Albertine m'étaient plus douloureux. Mais d'abord il y avait entre eux un point commun, le fait même du mensonge qui, dans certains cas, est une évidence. Non pas de la réalité qui se cache sous ce mensonge. On sait que bien que chaque assassin en particulier s'imagine avoir tout si bien combiné qu'il ne sera pas pris, en somme les assassins sont presque toujours pris. Au contraire, les menteurs sont rarement pris, et parmi les menteurs, plus particulièrement les femmes qu'on aime. On ignore où elle est allée, ce qu'elle y a fait, mais au moment même où elle parle, où elle parle d'une autre chose sous laquelle il y a cela, qu'elle ne dit pas, le mensonge est perçu instantanément. Et la jalousie redoublée puisqu'on sent le mensonge, et qu'on n'arrive pas à savoir la vérité. Chez Albertine, la sensation du mensonge était donnée par bien des particularités qu'on a déjà vues au cours de ce récit, mais principalement par ceci que, quand elle mentait, son récit péchait soit par insuffisance, omission, invraisemblance, soit par excès, au contraire, de petits faits destinés à le rendre vraisemblable. Le vraisemblable, malgré l'idée que se fait le menteur, n'est pas du tout le vrai. Dès qu'écoutant quelque chose de vrai, on entend quelque chose qui est seulement vraisemblable, qui l'est peut-être plus que le vrai, qui l'est peut-être trop, l'oreille un peu musicienne sent que ce n'est pas cela, comme pour un vers faux, ou un mot lu à haute voix pour un autre. L'oreille le sent et, si l'on aime, le cœur s'alarme. »

La Prisonnière

Les humains sont les humains. Leurs gestes traversent le temps. Même les plus infimes gardent le pouvoir de dire les mêmes choses. Ainsi cette façon qu'a Gisèle *d'ouvrir la bouche, comme quand on va bâiller*, et d'opérer un léger mouvement de recul pour signifier l'insignifiance des mots trop signifiants qu'elle prononce. Un regard suspicieux la scrute, une oreille musicienne l'écoute, entend le vraisemblable à la place du vrai, dans l'apparente banalité de la conversation. À travers ses amies, le narrateur souffre des mensonges d'Albertine. Et il ne l'aimerait pas si elle ne mentait pas.

Les médecins sans paradoxe

« Dans les mois qui précédèrent sa mort, Bergotte souffrait d'insomnies, et ce qui est pire, dès qu'il s'endormait, de cauchemars qui, s'il s'éveillait, faisaient qu'il évitait de se rendormir. Longtemps il avait aimé les rêves, même les mauvais rêves, parce que grâce à eux, grâce à la contradiction qu'ils présentent avec la réalité qu'on a devant soi à l'état de veille, ils nous donnent, au plus tard dès le réveil, la sensation profonde que nous avons dormi. Mais les cauchemars de Bergotte n'étaient pas cela. Quand il parlait de cauchemars, autrefois il entendait des choses désagréables qui se passaient dans son cerveau. Maintenant, c'est comme venus du dehors de lui qu'il percevait une main munie d'un torchon mouillé qui, passée sur sa figure par une femme méchante, s'efforçait de le réveiller, d'intolérables chatouillements sur les hanches, la rage – parce que Bergotte avait murmuré en dormant qu'il conduisait mal – d'un cocher fou furieux qui se jetait sur l'écrivain et lui mordait les doigts, les lui sciait. Enfin, dès que dans son sommeil l'obscurité était suffisante, la nature faisait une espèce de répétition sans costumes de l'attaque d'apoplexie qui l'emporterait : Bergotte entrait en voiture sous le porche du nouvel hôtel des Swann, voulait descendre. Un vertige foudroyant le clouait sur sa banquette, le concierge essayait de l'aider à descendre, il restait assis, ne pouvant se soulever, dresser ses jambes. Il essayait de s'accrocher au pilier de pierre qui était devant lui, mais n'y trouvait pas un suffisant appui pour se mettre debout. Il consulta les médecins qui, flattés d'être appelés par lui, virent dans ses vertus de grand travailleur (il y avait vingt ans qu'il n'avait rien fait), dans son surmenage, la cause de ses malaises. Ils lui conseillèrent de ne pas lire de contes terrifiants (il ne lisait rien), de profiter davantage du soleil "indispensable à la vie" (il n'avait dû quelques années de mieux relatif qu'à sa claustration chez lui), de s'alimenter davantage (ce qui le fit maigrir et alimenta surtout ses cauchemars). Un de ses médecins étant doué de l'esprit de contradiction et de taquinerie, dès que Bergotte, le voyant en l'absence des autres et pour ne pas le froisser, lui soumettait comme des idées de lui ce que les autres lui avaient conseillé, le médecin contredisant, croyant que Bergotte cherchait à se faire ordonner quelque chose qui lui plaisait, le lui défendait aussitôt, et souvent avec des raisons fabriquées si vite pour les besoins de la cause que devant l'évidence des objections matérielles que faisait Bergotte, le docteur contredisant était obligé dans la même phrase de se contredire lui-même, mais pour des raisons nouvelles, renforçait la même prohibition. »

La Prisonnière

Proust est, avec Molière, l'écrivain dont l'œuvre évoque le plus souvent les médecins, la médecine. Chez Molière, la médecine est moquée obstinément à travers ses deux uniques solutions thérapeutiques, la saignée et le lavement, et son recours au latin pour cacher ses insuffisances. Chez Proust, et en opposition complète avec notre époque, où le médecin se retranche derrière l'analyse scientifique, c'est l'âge d'or de la médecine, l'époque de l'auscultation et du diagnostic. Le médecin est un démiurge qui cherche à percer la nature profonde du patient, et détaille ses préceptes comme on résoudrait une énigme.

Dans le cas de Bergotte, on sent une acrimonie du narrateur à ridiculiser l'aréopage de praticiens distingués qui se succèdent à son chevet et délivrent des verdicts opposés à ce que Proust considère le plus habituellement comme l'essence de la vérité vitale – le paradoxe. « Ils lui conseillèrent [...] de profiter davantage du soleil "indispensable à la vie" (il n'avait dû quelques années de mieux relatif qu'à sa claustration chez lui), de s'alimenter davantage (ce qui le fit maigrir). » Comme toujours dans *La Recherche*, Proust est en rivalité avec les médecins. Celui qui sonde à la fois les reins et les cœurs, c'est l'écrivain.

Petit pan de mur jaune

« Il mourut dans les circonstances suivantes : une crise d'urémie assez légère était cause qu'on lui avait prescrit le repos. Mais un critique ayant écrit que dans la *Vue de Delft* de Ver Meer (prêté par le musée de La Haye pour une exposition hollandaise), tableau qu'il adorait et croyait connaître très bien, un petit pan de mur jaune (qu'il ne se rappelait pas) était si bien peint qu'il était, si on le regardait seul, comme une précieuse œuvre d'art chinoise, d'une beauté qui se suffirait à elle-même, Bergotte mangea quelques pommes de terre, sortit et entra à l'exposition. Dès les premières marches qu'il eut à gravir, il fut pris d'étourdissements. Il passa devant plusieurs tableaux et eut l'impression de la sécheresse et de l'inutilité d'un art si factice, et qui ne valait pas les courants d'air et de soleil d'un palazzo de Venise, ou d'une simple maison au bord de la mer. Enfin il fut devant le Ver Meer qu'il se rappelait plus éclatant, plus différent de tout ce qu'il connaissait, mais où, grâce à l'article du critique, il remarqua pour la première fois des petits personnages en bleu, que le sable était rose, et enfin la précieuse matière du tout petit pan de mur jaune. Ses étourdissements augmentaient ; il attachait son regard, comme un enfant à un papillon jaune qu'il veut saisir, au précieux petit pan de mur. "C'est ainsi que j'aurais dû écrire, disait-il. Mes derniers livres sont trop secs, il aurait fallu passer plusieurs couches de couleur, rendre ma phrase en elle-même précieuse, comme ce petit pan de mur jaune." Cependant la gravité de ses étourdissements ne lui échappait pas. Dans une céleste balance lui apparaissait, chargeant l'un des plateaux, sa propre vie, tandis que l'autre contenait le petit pan de mur si bien peint en jaune. Il sentait qu'il avait imprudemment donné la première pour le second. "Je ne voudrais pourtant pas, se dit-il, être pour les journaux du soir le fait divers de cette exposition." Il se répétait : "Petit pan de mur jaune avec un auvent, petit pan de mur jaune." Cependant il s'abattit sur un canapé circulaire ; aussi brusquement il cessa de penser que sa vie était en jeu et, revenant à l'optimisme, se dit : "C'est une simple indigestion que m'ont donnée ces pommes de terre pas assez cuites, ce n'est rien." Un nouveau coup l'abattit, il roula du canapé par terre où accoururent tous les visiteurs et gardiens. Il était mort. Mort à jamais ? Qui peut le dire ? Certes, les expériences spirites pas plus que les dogmes religieux n'apportent de preuve que l'âme subsiste. Ce qu'on peut dire, c'est que tout se passe dans notre vie comme si nous y entrions avec le faix d'obligations contractées dans une vie antérieure ; il n'y a aucune raison dans nos conditions de vie sur cette terre pour que nous nous croyions obligés à faire le bien, à être délicats, même à être polis, ni pour l'artiste athée à ce qu'il se croie obligé de recommencer vingt fois un morceau dont l'admiration qu'il excitera importera peu à son corps mangé par les vers, comme le pan de mur jaune que peignit avec tant de science et de raffinement un artiste à jamais inconnu, à peine identifié sous le nom de Ver Meer. Toutes ces obligations qui n'ont pas leur sanction dans la vie présente semblent appartenir à un monde différent, fondé sur la bonté, le scrupule, le sacrifice, un monde entièrement différent de celui-ci, et dont nous sortons pour naître à cette terre, avant peut-être d'y retourner, revivre sous l'empire de ces lois inconnues auxquelles nous avons obéi parce que nous en portions l'enseignement en nous, sans savoir qui les y avait tracées, ces lois dont tout travail profond de l'intelligence nous rapproche et qui sont invisibles seulement – et encore ! – pour les sots. De sorte que l'idée que Bergotte n'était pas mort à jamais est sans invraisemblance.

On l'enterra, mais toute la nuit funèbre, aux vitrines éclairées, ses livres, disposés trois par trois, veillaient comme des anges aux ailes éployées et semblaient pour celui qui n'était plus, le symbole de sa résurrection. »

La Prisonnière

Comme Elstir, le peintre, et Vinteuil, le compositeur, Bergotte, l'écrivain, est un personnage composite. Georges D. Painter, le plus minutieux des biographes de Proust, reconnaît en lui des traits d'Ernest Renan, d'Anatole France, de Pierre Loti, et de Maurice Barrès. Bergotte a déjà, loin derrière lui, toute son œuvre achevée lorsque, mourant, il est frénétiquement pris par le désir d'aller voir le détail d'un tableau de Vermeer, évoqué par un critique. Les deux révélations absolues de *La Recherche* ont droit à l'adjectif *petit* : petite madeleine, petit pan de mur jaune. Elles sont même minuscules, infimes. Quelques miettes de madeleine délitées dans une infusion – la mémoire involontaire. Un détail de la *Vue de Delft* – *l'essence de la création artistique*.

Pour Bergotte à l'agonie, la révélation est enchâssée. Il a d'abord – un peu comme le narrateur refusant dans un premier temps la tasse de thé que lui propose sa mère – un rejet. Le caractère artificiel de l'enfermement dans un musée l'étouffe. Il est déçu par le manque d'éclat du tableau lui-même. Mais il y a soudain le petit pan de mur jaune. L'obstination d'un peintre alors inconnu retravaillant à l'infini quelques centimètres carrés pour une part d'absolu dont la nature échappe à toute récupération sociale.

Bergotte meurt. Quelle est la consolation ? La présence de ses livres aux vitrines des librairies ? Ou l'existence du petit pan de mur jaune ?

Pastiches et singularité

« Je ne peux pas vous parler comme cela en une minute des plus grands, mais vous verriez dans Stendhal un certain sentiment de l'altitude se liant à la vie spirituelle, le lieu élevé où Julien Sorel est prisonnier, la tour au haut de laquelle est enfermé Fabrice, le clocher où l'abbé Blanès s'occupe d'astrologie et d'où Fabrice jette un si beau coup d'œil. Vous m'avez dit que vous aviez vu certains tableaux de Ver Meer, vous vous rendez bien compte que ce sont les fragments d'un même monde, que c'est toujours, quelque génie avec lequel elle soit recréée, la même table, le même tapis, la même femme, la même nouvelle et unique beauté, énigme à cette époque où rien ne lui ressemble ni ne l'explique, si on ne cherche pas à l'apparenter par les sujets, mais à dégager l'impression particulière que la couleur produit. Hé bien, cette beauté nouvelle, elle reste identique dans toutes les œuvres de Dostoïevski : la femme de Dostoïevski (aussi particulière qu'une femme de Rembrandt), avec son visage mystérieux dont la beauté avenante se change brusquement, comme si elle avait joué la comédie de la bonté, en une insolence terrible (bien qu'au fond il semble qu'elle soit plutôt bonne), n'est-ce pas toujours la même, que ce soit Nastasia Philipovna écrivant des lettres d'amour à Aglaé et lui avouant qu'elle la hait, ou dans une visite entièrement identique à celle-là – à celle aussi où Nastasia Philipovna insulte les parents de Gania – Grouchenka, aussi gentille chez Katherina Ivanovna que celle-ci l'avait crue terrible, puis brusquement dévoilant sa méchanceté, insultant Katherina Ivanovna (et bien que Grouchenka fût au fond bonne) ? Grouchenka, Nastasia, figures aussi originales, aussi mystérieuses, non pas seulement que les courtisanes de Carpaccio mais que la Bethsabée de Rembrandt. Remarquez qu'il n'a pas su certainement que ce visage éclatant, double, à brusques détentes d'orgueil qui font paraître la femme autre qu'elle n'est ("Tu n'es pas telle", dit Muichkine à Nastasia dans la visite aux parents de Gania, et Aliocha pourrait le dire à Grouchenka dans la visite à

Katherina Ivanovna). Et en revanche quand il veut avoir des “idées de tableaux”, elles sont toujours stupides et donneraient tout au plus les tableaux où Munkacsy voudrait qu’on représente un condamné à mort au moment où etc., la Sainte Vierge au moment où etc. Mais pour revenir à la beauté neuve que Dostoïevski a apportée au monde, comme chez Ver Meer il y a création d’une certaine âme, d’une certaine couleur des étoffes et des lieux, il n’y a pas seulement création d’êtres, mais de demeures chez Dostoïevski, et la maison de l’Assassinat dans *Crime et châtiment*, avec son dvornik, n’est pas aussi merveilleuse que le chef-d’œuvre de la maison de l’Assassinat dans Dostoïevski, cette sombre, et si longue, et si haute, et si vaste maison de Rogojine où il tue Nastasia Philipovna. Cette beauté nouvelle et terrible d’une maison, cette beauté nouvelle et mixte d’un visage de femme, voilà ce que Dostoïevski a apporté d’unique au monde, et les rapprochements que des critiques littéraires peuvent faire entre lui et Gogol, ou entre lui et Paul de Kock, n’ont aucun intérêt, étant extérieurs à cette beauté secrète. »

La Prisonnière

La singularité que Proust évoque ici chez Stendhal, chez Vermeer, et surtout chez Dostoïevski, la création d'un univers unique, d'une couleur d'âme qui s'attache aux personnages mais aussi aux maisons, à une certaine matière *des étoffes et des lieux*, nous éprouvons comme un vertige à la lire ici, car nous l'éprouvons à chaque page de *La Recherche*. Quand il condamne les critiques littéraires définissant le génie de Dostoïevski par comparaison et proximité avec d'autres auteurs, nous lui donnons à la fois raison et tort. Raison, car l'essentiel c'est la *beauté secrète* atteinte, et il est beaucoup plus difficile d'en parler que du chemin parcouru pour la chercher. Et tort, car – le paradoxe est tout à fait proustien – c'est par la proximité, voire l'imitation des autres que le grand artiste atteint la singularité. Chez Proust, formidable écrivain de pastiches, capable de pénétrer la substance des autres écrivains, et surtout de ceux qu'il admire, nous pouvons comprendre comment il a pu passer par Anatole France ou Pierre Loti en lisant des pages de *Jean Santeuil*[1]. Mais le miracle nous échappe qui le conduit à l'absolue singularité de *La Recherche*.

1. *Jean Santeuil*, roman de jeunesse de Proust, commencé en 1895, jamais achevé, édité en 1952.

Le triomphe de Françoise

« “Mademoiselle Albertine est partie” ! Comme la souffrance va plus loin en psychologie que la psychologie ! Il y a un instant, en train de m’analyser, j’avais cru que cette séparation sans s’être revus était justement ce que je désirais, et comparant la médiocrité des plaisirs que me donnait Albertine à la richesse des désirs qu’elle me privait de réaliser, je m’étais trouvé subtil, j’avais conclu que je ne voulais plus la voir, que je ne l’aimais plus. Mais ces mots : “Mademoiselle Albertine est partie” venaient de produire dans mon cœur une souffrance telle que je sentais que je ne pourrais pas y résister plus longtemps. Ainsi ce que j’avais cru n’être rien pour moi, c’était tout simplement toute ma vie. Comme on s’ignore. Il fallait faire cesser immédiatement ma souffrance ; tendre pour moi-même comme ma mère pour ma grand-mère mourante, je me disais, avec cette même bonne volonté qu'on a de ne pas laisser souffrir ce qu'on aime : "Aie une seconde de patience, on va te trouver un remède, sois tranquille, on ne va pas te laisser souffrir comme cela." Ce fut dans cet ordre d'idées que mon instinct de conservation chercha pour les mettre sur ma blessure ouverte les premiers calmants : "Tout cela n'a aucune importance parce que je vais la faire revenir tout de suite. Je vais examiner les moyens, mais de toute façon elle sera ici ce soir. Par conséquent inutile de me tracasser." "Tout cela n'a aucune importance", je ne m'étais pas contenté de me le dire, j'avais tâché d'en donner l'impression à Françoise en ne laissant pas paraître devant elle ma souffrance, parce que, même au moment où je l'éprouvais avec une telle violence, mon amour n'oubliait pas qu'il lui importait de sembler un amour heureux, un amour partagé, surtout aux yeux de Françoise qui n'aimait pas Albertine et avait toujours douté de sa sincérité. Oui, tout à l'heure, avant l'arrivée de Françoise, j'avais cru que je n'aimais plus Albertine, j'avais cru ne rien laisser de côté, en exact analyste ; j'avais cru bien connaître le fond de mon cœur. Mais notre intelligence, si grande soit-elle, ne peut apercevoir les éléments qui le composent et qui restent insoupçonnés tant que, de l'état volatil où ils subsistent la plupart du temps, un phénomène capable de les isoler ne leur a pas fait subir un commencement de solidification. Je m'étais trompé en croyant voir clair dans mon cœur. Mais cette connaissance que ne m'avaient pas donnée les plus fines perceptions de l'esprit, venait de m'être apportée, dure, éclatante, étrange, comme un sel cristallisé, par la brusque réaction de la douleur. J'avais une telle certitude d'avoir Albertine auprès de moi, et je voyais soudain un nouveau visage de l'Habitude. Jusqu'ici je l'avais considérée surtout comme un pouvoir annihilateur qui supprime l'originalité et jusqu'à la conscience des perceptions ; maintenant je la voyais comme une divinité redoutable, si rivée à nous, son visage insignifiant si incrusté dans notre cœur que si elle se détache, si elle se détourne de nous, cette déité que nous ne distinguions presque pas nous inflige des souffrances plus terribles qu'aucune et qu'alors elle est aussi cruelle que la mort. »

Albertine disparue,
« Chapitre Premier »

« Mademoiselle Albertine est partie ! » Bien plus que le titre *Albertine disparue*, ces premiers mots de la sixième partie de *La Recherche* nous glacent et nous pénètrent. À force d'empathie, d'assentiment avec la façon de sentir du narrateur, nous les percevons avec ce qu'ils sous-entendent dans la bouche de Françoise : un respect de façade, débordé par sa haine d'Albertine, une nuance de triomphe – elle a toujours su pour sa part que cet amour ne pouvait pas durer. Au moment même où il se sent frappé, bien plus qu'il ne l'aurait cru, le narrateur doit donner le change, feindre l'indifférence devant la domestique tyrannique, et cette insupportable comédie décuple sa souffrance, et donne tout leur prix à ce qu'il pensait sans importance : les rites de son amour pour Albertine, le prix insoupçonné de l'habitude. Tout ce que l'intelligence ne peut chiffrer. *Comme on s'ignore*. C'est bien cela qui nous fascine dans *La Recherche* : savoir comme on s'ignore.

L'amour n'est pas aimé

« Ce qui avait décontenancé Robert quand il avait aperçu la photographie d'Albertine était non le saisissement des vieillards troyens voyant passer Hélène et disant :

Notre mal ne vaut pas un seul de ses regards,

mais celui exactement inverse et qui fait dire : "Comment, c'est pour ça qu'il a pu se faire tant de bile, tant de chagrin, faire tant de folies !" Il faut bien avouer que ce genre de réaction à la vue de la personne qui a causé les souffrances, bouleversé la vie, quelquefois amené la mort, de quelqu'un que nous aimons, est infiniment plus fréquent que celui des vieillards troyens, et pour tout dire, l'habituel. Ce n'est pas seulement parce que l'amour est individuel, ni parce que, quand nous ne le ressentons pas, le trouver évitable et philosopher sur la folie des autres nous est naturel. Non, c'est que, quand il est arrivé au degré où il cause de tels maux, la construction des sensations interposées entre le visage de la femme et les yeux de l'amant, l'énorme œuf douloureux qui l'engaine et le dissimule autant qu'une couche de neige une fontaine, est déjà poussée assez loin pour que le point où s'arrêtent les regards de l'amant, le point où il rencontre son plaisir et ses souffrances, soit aussi loin du point où les autres le voient qu'est loin le soleil véritable de l'endroit où sa lumière condensée nous le fait apercevoir dans le ciel. Et de plus, pendant ce temps, sous la chrysalide de douleurs et de tendresses qui rend invisibles à l'amant les pires métamorphoses de l'être aimé, le visage a eu le temps de vieillir et de changer. De sorte que si le visage que l'amant a vu la première fois est fort loin de celui qu'il voit depuis qu'il aime et souffre, il est, en sens inverse, tout aussi loin de celui que peut voir maintenant le spectateur indifférent. (Qu'aurait-ce été si, au lieu de la photographie de celle qui était une jeune fille, Robert avait vu la photographie d'une vieille maîtresse ?) Et même nous n'avons pas besoin de voir pour la première fois celle qui a causé tant de ravages pour avoir cet étonnement. Souvent nous la connaissions comme mon grand-oncle connaissait Odette. Alors la différence d'optique s'étend non seulement à l'aspect physique, mais au caractère, à l'importance individuelle. Il y a beaucoup de chances pour que la femme qui fait souffrir celui qui l'aime ait toujours été bonne fille avec quelqu'un qui ne se souciait pas d'elle, comme Odette, si cruelle pour Swann, avait été la prévenante "dame en rose" de mon grand-oncle, ou bien que l'être dont chaque décision est supputée d'avance, avec autant de crainte que celle d'un Dieu dissimulé, par celui qui l'aime, apparaisse comme une personne sans conséquence, trop heureuse de faire tout ce qu'on veut, aux yeux de celui qui ne l'aime pas, comme la maîtresse de Saint-Loup pour moi qui ne voyais en elle que cette "Rachel quand du Seigneur" qu'on m'avait tant de fois proposée. Je me rappelais, la première fois que je l'avais vue avec Saint-Loup, ma stupéfaction à la pensée qu'on pût être torturé de ne pas savoir ce qu'une telle femme avait fait tel soir, ce qu'elle avait pu dire tout bas à quelqu'un, pourquoi elle avait eu un désir de rupture. Or, je sentais que, tout ce passé, mais d'Albertine, et vers lequel chaque fibre de mon cœur, de ma vie, se dirigeait avec une souffrance vibratile et maladroite, devait paraître tout aussi insignifiant à Saint-Loup, qu'il me le deviendrait peut-être un jour à moi-même ; que je passerais peut-être peu à peu, touchant l'insignifiance ou la gravité du passé d'Albertine, de l'état d'esprit que j'avais en ce moment à celui qu'avait Saint-Loup, car je ne me faisais pas d'illusions sur ce que Saint-Loup pouvait penser, sur ce que tout autre que l'amant peut penser. Et je n'en souffrais pas trop. Laissons les jolies femmes aux hommes sans imagination. »

Albertine disparue, « Chapitre Premier »

La force de l'amour, c'est aussi de créer autour de celui qui l'éprouve une immense solitude. Les proches, les amis qui pensent nous connaître ne peuvent qu'être sidérés, horriblement déçus, en voyant la photographie, en découvrant la personne qui nous inspire tant d'espoirs et nous inflige tant de souffrance ; ils ont été – souvent douloureusement – séparés de notre affection aux moments mêmes où nous réunissions tous les matériaux qui construisaient l'idole. Et bien sûr chacun de ces matériaux leur semblait dérisoire, étranger à notre nature profonde. Mais davantage encore l'incongruité de la construction finale, qu'ils ne voient que comme un obstacle à notre bonheur, réduite à son apparence qu'ils jugent d'autant plus médiocre qu'elle tient pour nous toute la place.

La mort dans la couleur du jour

« Que le jour est lent à mourir par ces soirs démesurés de l'été ! Un pâle fantôme de la maison d'en face continuait indéfiniment à aquareller sur le ciel sa blancheur persistante. Enfin il faisait nuit dans l'appartement, je me cognais aux meubles de l'antichambre, mais dans la porte de l'escalier, au milieu du noir que je croyais total, la partie vitrée était translucide et bleue, d'un bleu de fleur, d'un bleu d'aile d'insecte, d'un bleu qui m'eût semblé beau si je n'avais senti qu'il était un dernier reflet, coupant comme un acier, un coup suprême que dans sa cruauté infatigable me portait encore le jour. L'obscurité complète finissait pourtant par venir, mais alors il suffisait d'une étoile vue à côté de l'arbre de la cour pour me rappeler nos départs en voiture, après le dîner, pour les bois de Chantepie, tapissés par le clair de lune. Et même dans les rues, il m'arrivait d'isoler sur le dos d'un banc, de recueillir la pureté naturelle d'un rayon de lune au milieu des lumières artificielles de Paris, de Paris sur lequel il faisait régner, en faisant rentrer un instant pour mon imagination la ville dans la nature, avec le silence infini des champs évoqués, le souvenir douloureux des promenades que j'y avais faites avec Albertine. Ah ! quand la nuit finirait-elle ? Mais à la première fraîcheur de l'aube je frissonnais, car celle-ci avait ramené en moi la douceur de cet été où de Balbec à Incarville, d'Incarville à Balbec, nous nous étions tant de fois reconduits l'un l'autre jusqu'au petit jour. Je n'avais plus qu'un espoir pour l'avenir – espoir bien plus déchirant qu'une crainte –, c'était d'oublier Albertine. Je savais que je l'oublierais un jour, j'avais bien oublié Gilberte, Mme de Guermantes, j'avais bien oublié ma grand-mère. Et c'est notre plus juste et plus cruel châtiment de l'oubli si total, paisible comme ceux des cimetières, par quoi nous nous sommes détachés de ceux que nous n'aimons plus, que nous entrevoyions ce même oubli comme inévitable à l'égard de ceux que nous aimons encore. À vrai dire nous savons qu'il est un état non douloureux, un état d'indifférence. Mais ne pouvant penser à la fois à ce que j'étais et à ce que je serais, je pensais avec désespoir à tout ce tégument de caresses, de baisers, de sommeils amis, dont il faudrait bientôt me laisser dépouiller pour jamais. L'élan de ces souvenirs si tendres, venant se briser contre l'idée qu'Albertine était morte, m'oppressait par l'entrechoc de flux si contrariés que je ne pouvais rester immobile ; je me levais, mais tout d'un coup je m'arrêtais, terrassé ; le même petit jour que je voyais au moment où je venais de quitter Albertine, encore radieux et chaud de ses baisers, venait tirer au-dessus des rideaux sa lame maintenant sinistre dont la blancheur froide, implacable et compacte entrait, me donnant comme un coup de couteau. »

Albertine disparue, « Chapitre Premier »

L'infinie cruauté que le jour met à ne pas mourir, et puis la cruauté du jour qui vient. Le chagrin de la mort d'Albertine instillé dans la trame du jour, le tissu de la lumière, c'est un des passages les plus poignants de *La Recherche*. On pense à l'accident d'avion d'Agostinelli, l'amant de Proust, aussi brutal que la fin d'Albertine, précipitée contre un arbre par son cheval. La fulgurance du destin, l'insupportable durée de la douleur, et cet espoir plus insupportable encore de l'oubli qui, seul, pourra l'apaiser. Quand on aime l'autre et qu'on le perd, on y gagne quand même, *à cause de la couleur du blé*, comme le renard dans *Le Petit Prince*. Mais on y souffre intolérablement, à cause de la couleur du jour.

Les Albertine disparues

« Ce que nous sentons existe seul pour nous et nous le projetons dans le passé, dans l'avenir, sans nous laisser arrêter par les barrières fictives de la mort. Si mon regret qu'elle fût morte subissait dans ces moments-là l'influence de ma jalousie et prenait cette forme si particulière, cette influence s'étendit naturellement à mes rêves d'occultisme, d'immortalité qui n'étaient qu'un effort pour tâcher de réaliser ce que je désirais. Aussi à ces moments-là, si j'avais pu réussir à l'évoquer en faisant tourner une table, comme Bergotte croyait que c'était possible, ou à la rencontrer dans l'autre vie, comme le pensait l'abbé X***, je ne l'aurais souhaité que pour lui répéter : "Je sais pour la blanchisseuse. Tu disais : 'Tu me mets aux anges' ; j'ai vu la morsure." Ce qui vint à mon secours contre cette image de la blanchisseuse, ce fut, certes quand elle eut un peu duré, cette image elle-même, parce que nous ne connaissons vraiment que ce qui est nouveau, ce qui introduit brusquement dans notre sensibilité un changement de ton qui nous frappe, ce à quoi l'habitude n'a pas encore substitué ses pâles fac-similés. Mais ce fut surtout ce fractionnement d'Albertine en de nombreuses parts, en de nombreuses Albertine, qui était son seul mode d'existence en moi. Des moments revinrent où elle n'avait été que bonne, ou intelligente, ou sérieuse, ou même aimant plus que tout les sports. Et ce fractionnement, n'était-il pas au fond juste qu'il me calmât ? Car s'il n'était pas en lui quelque chose de réel, s'il tenait à la forme successive des heures où elle m'était apparue, forme qui restait celle de ma mémoire, comme la courbure des projections de ma lanterne magique tenait à la courbure des verres colorés, ne représentait-il pas à sa manière une vérité bien objective celle-là, que chacun de nous n'est pas un, mais contient de nombreuses personnes qui n'ont pas toutes la même valeur morale et que si l'Albertine vicieuse avait existé, cela n'empêchait pas qu'il y en eût eu d'autres, celle qui aimait à causer avec moi de Saint-Simon dans sa chambre ; celle qui le soir où je lui avais dit qu'il fallait nous séparer avait dit si tristement : “Ce pianola, cette chambre, penser que je ne reverrai jamais tout cela” et quand elle avait vu l’émotion que mon mensonge avait fini par me communiquer s’était écriée avec une pitié si sincère : “Oh ! non, tout plutôt que de vous faire de la peine, c’est entendu, je ne chercherai pas à vous revoir.” Alors je ne fus plus seul. »

Albertine disparue,
« Chapitre Premier »

Le narrateur le reconnaît humblement : si Albertine revenait à la vie, il ne pourrait s’empêcher de lui reprocher ses liaisons cachées, son aventure avec une jeune blanchisseuse. Mais elle est morte. Ses déficiences morales n’en sont pas occultées, mais elles ne sont plus obsessionnelles pour le narrateur. Il a maintenant une vision fractale d’Albertine, des images contiguës. Chacune d’entre elles est une vérité entière d’Albertine. Les *barrières fictives* de la mort ont ce pouvoir de faire accéder à toutes les Albertine en les dispersant. Le narrateur ne peut pas les disposer à son gré dans sa mémoire. Il est devenu la lanterne magique de son enfance. Quelque chose ou quelqu’un y fait glisser tour à tour non plus Golo ou Geneviève de Brabant, mais toutes ses Albertine disparues.

Personne n'y croit

« [...] d'une part, le mensonge est souvent un trait de caractère ; d'autre part, chez des femmes qui ne seraient pas sans cela menteuses, il est une défense naturelle, improvisée, puis de mieux en mieux organisée, contre ce danger subit et qui serait capable de détruire toute vie : l'amour. D'autre part ce n'est pas l'effet du hasard si les êtres intellectuels et sensibles se donnent toujours à des femmes insensibles et inférieures, et tiennent cependant à elles, si la preuve qu'ils ne sont pas aimés ne les guérit nullement de tout sacrifier à conserver près d'eux une telle femme. Si je dis que de tels hommes ont besoin de souffrir, je dis une chose exacte, en supprimant les vérités préliminaires qui font de ce besoin – involontaire en un sens – de souffrir, une conséquence parfaitement compréhensible de ces vérités. Sans compter que, les natures complètes étant rares, un être très intellectuel et sensible aura généralement peu de volonté, sera le jouet de l'habitude et de cette peur de souffrir dans la minute qui vient qui voue aux souffrances perpétuelles, et que dans ces conditions il ne voudra jamais répudier la femme qui ne l'aime pas. On s'étonnera qu'il se contente de si peu d'amour, mais il faudrait plutôt se représenter la douleur que peut lui causer l'amour qu'il ressent. Douleur qu'il ne faut pas trop plaindre car il en est de ces terribles commotions que nous donnent l'amour malheureux, le départ, la mort d'une amante, comme de ces attaques de paralysie qui nous foudroient d'abord mais après lesquelles les muscles tendent peu à peu à reprendre leur élasticité, leur énergie vitales. De plus, cette douleur n'est pas sans compensation. Ces êtres intellectuels et sensibles sont généralement peu enclins au mensonge. Celui-ci les prend d'autant plus au dépourvu que même très intelligents, ils vivent dans le monde des possibles, réagissent peu, vivent dans la douleur qu'une femme vient de leur infliger plutôt que dans la claire perception de ce qu'elle voulait, de ce qu'elle faisait, de celui qu'elle aimait, perception donnée surtout aux natures volontaires et qui ont besoin de cela pour parer à l'avenir au lieu de pleurer le passé. Donc ces êtres se sentent trompés sans trop savoir comment. Par là la femme médiocre, qu'on s'étonnait de leur voir aimer, leur enrichit bien plus l'univers que n'eût fait une femme intelligente. Derrière chacune de ses paroles ils sentent un mensonge ; derrière chaque maison où elle dit être allée, une autre maison ; derrière chaque action, chaque être, une autre action, un autre être. Sans doute ils ne savent pas lesquels, n'ont pas l'énergie, n'auraient peut-être pas la possibilité d'arriver à le savoir. Une femme menteuse avec un truc extrêmement simple, peut leurrer sans se donner la peine de le changer des quantités de personnes, et qui plus est la même, qui aurait dû le découvrir. Tout cela crée en face de l'intellectuel sensible, un univers tout en profondeurs que sa jalousie voudrait sonder et qui ne sont pas sans intéresser son intelligence.

Sans être précisément de ceux-là j'allais peut-être, maintenant qu'Albertine était morte, savoir le secret de sa vie. Mais cela, ces indiscrétions qui ne se produisent qu'après que la vie terrestre d'une personne est finie, ne prouvent-elles pas que personne ne croit, au fond, à une vie future ? Si ces indiscrétions sont vraies, on devrait redouter le ressentiment de celle dont on dévoile les actions, autant pour le jour où on la rencontrera au ciel, qu'on le redoutait tant qu'elle vivait, où on se croyait tenu à cacher son secret. Et si ces indiscrétions sont fausses, inventées parce qu'elle n'est plus là pour démentir, on devrait craindre plus encore la colère de la morte si on croyait au ciel. Mais personne n'y croit. »

Albertine disparue, « Chapitre II »

Proust écrit : « Les êtres intellectuels et sensibles se donnent toujours à des femmes insensibles et inférieures. » Il ne dit pas les *hommes intellectuels et sensibles*, mais les *êtres*. Et il dit *les femmes insensibles*. Mais, en fonction de l'expérience amoureuse de l'auteur, on serait tenté de remplacer *femmes* par *êtres*. Réduire l'analyse de Proust à un sexisme primaire serait en effet plus que décevant – rigoureusement impossible, ça ne serait plus Proust. L'intérêt de ce passage n'est pas là. Il réside dans une proposition consternante et logique : ce qui suscite l'amour chez les êtres intellectuels et sensibles, ce qui les pousse invinciblement vers les êtres inférieurs insensibles, c'est le mensonge. Le mensonge comme une fin en soi, comme un pays perdu d'avance, et donc infiniment désirable. Et comme une espèce de confort du péril : l'être qui me ment devient impossible, et c'est l'impossible que j'aime en lui.

Voilà le théorème. Le corollaire est stupéfiant. Même dans l'au-delà, les deux êtres ne peuvent se rencontrer. Mais l'au-delà, *personne n'y croit.*

Trop tard

« Ma mère m'avait emmené passer quelques semaines à Venise et – comme il peut y avoir de la beauté, aussi bien que dans les choses les plus humbles, dans les plus précieuses – j'y goûtais des impressions analogues à celles que j'avais si souvent ressenties autrefois à Combray, mais transposées selon un mode entièrement différent et plus riche. Quand à 10 heures du matin on venait ouvrir mes volets, je voyais flamboyer, au lieu du marbre noir que devenaient en resplendissant les ardoises de Saint-Hilaire, l'Ange d'or du campanile de Saint-Marc. Rutilant d'un soleil qui le rendait presque impossible à fixer, il me faisait avec ses bras grands ouverts, pour quand je serais une demi-heure plus tard sur la Piazzetta, une promesse de joie plus certaine que celle qu'il put être jadis chargé d'annoncer aux hommes de bonne volonté. Je ne pouvais apercevoir que lui, tant que j'étais couché, mais comme le monde n'est qu'un vaste cadran solaire où un seul segment ensoleillé nous permet de voir l'heure qu'il est, dès le premier matin je pensai aux boutiques de Combray, sur la place de l'Église, qui le dimanche étaient sur le point de fermer quand j'arrivais à la messe, tandis que la paille du marché sentait fort sous le soleil déjà chaud. Mais dès le second jour, ce que je vis en m'éveillant, ce pourquoi je me levai (parce que cela s'était substitué dans ma mémoire et dans mon désir aux souvenirs de Combray), ce furent les impressions de ma première sortie du matin à Venise, à Venise où la vie quotidienne n'était pas moins réelle qu'à Combray, où, comme à Combray le dimanche matin on avait bien le plaisir de descendre dans une rue en fête, mais où cette rue était toute en une eau de saphir, rafraîchie de souffles tièdes, et d'une couleur si résistante que mes yeux fatigués pouvaient, pour se détendre et sans craindre qu'elle fléchît, y appuyer leurs regards. Comme à Combray les bonnes gens de la rue de l'Oiseau, dans cette nouvelle ville aussi les habitants sortaient bien des maisons alignées l'une à côté de l'autre dans la grand-rue ; mais ce rôle de maisons projetant un peu d'ombre à leurs pieds était, à Venise, confié à des palais de porphyre et de jaspe, au-dessus de la porte cintrée desquels la tête d'un dieu barbu (en dépassant l'alignement, comme le marteau d'une porte à Combray) avait pour résultat de rendre plus foncé par son reflet, non le brun du sol, mais le bleu splendide de l'eau. Sur la Piazza l'ombre qu'eussent développée à Combray la toile du magasin de nouveautés et l'enseigne du coiffeur, c'étaient les petites fleurs bleues que sème à ses pieds sur le désert du dallage ensoleillé le relief d'une façade Renaissance, non pas que quand le soleil tapait fort on ne fût obligé, à Venise comme à Combray, de baisser, au bord du canal, des stores. Mais ils étaient tendus entre les quadrilobes et les rinceaux de fenêtres gothiques. J'en dirai autant de celle de notre hôtel, devant les balustres de laquelle ma mère m'attendait en regardant le canal avec une patience qu'elle n'eût peut-être pas montrée autrefois à Combray en ce temps où mettant en moi des espérances qui depuis n'avaient pas été réalisées, elle ne voulait pas me laisser voir combien elle m'aimait. Maintenant elle sentait bien que sa froideur apparente n'eût plus rien changé, et la tendresse qu'elle me prodiguait était comme ces aliments défendus qu'on ne refuse plus aux malades, quand il est assuré qu'ils ne peuvent plus guérir. »

Albertine disparue, « Chapitre III »

Le narrateur de *La Recherche* voyage en parcourant l'indicateur des chemins de fer, en faisant défiler en lui le pouvoir poétique des noms de ville. Un rêve de voyage *réel* subsiste en lui : Venise. Mais Venise finalement n'est qu'une autre Combray. Ce qui a changé entre Venise et Combray, c'est l'attitude de sa mère. Elle pouvait être sévère parce qu'elle attendait tout de lui. Mais il pense l'avoir déçue, et elle est devenue d'une amabilité cruelle – elle n'espère plus rien. C'est ce que dit le narrateur. L'auteur est presque aux antipodes. Il sait qu'il est en train d'écrire l'œuvre que sa mère attendait. Il sait qu'il est capable de l'écrire parce qu'elle est morte.

Sans GPS

« Le soir je sortais seul, au milieu de la ville enchantée où je me trouvais au milieu de quartiers nouveaux comme un personnage des *Mille et Une Nuits*. Il était bien rare que je ne découvrisse pas au hasard de mes promenades quelque place inconnue et spacieuse dont aucun guide, aucun voyageur ne m'avait parlé. Je m'étais engagé dans un réseau de petites ruelles, de *calli*. Le soir, avec leurs hautes cheminées évasées auxquelles le soleil donne les roses les plus vifs, les rouges les plus clairs, c'est tout un jardin qui fleurit au-dessus des maisons, avec des nuances si variées qu'on eût dit, planté sur la ville, le jardin d'un amateur de tulipes de Delft ou de Haarlem. Et d'ailleurs l'extrême proximité des maisons faisait de chaque croisée le cadre où rêvassait une cuisinière qui regardait par lui, d'une jeune fille qui, assise, se faisait peigner les cheveux par une vieille femme à figure, devinée dans l'ombre, de sorcière, – faisait comme une exposition de cent tableaux hollandais juxtaposés, de chaque pauvre maison silencieuse et toute proche à cause de l'extrême étroitesse de ces *calli*. Comprimées les unes contre les autres, ces *calli* divisaient en tous sens, de leurs rainures, le morceau de Venise découpé entre un canal et la lagune, comme s'il avait cristallisé suivant ces formes innombrables, ténues et minutieuses. Tout à coup, au bout d'une de ces petites rues, il semble que dans la matière cristallisée se soit produite une distension. Un vaste et somptueux *campo* à qui je n'eusse assurément pas, dans ce réseau de petites rues, pu deviner cette importance, ni même trouver une place, s'étendait devant moi, entouré de charmants palais, pâle de clair de lune. C'était un de ces ensembles architecturaux vers lesquels dans une autre ville les rues se dirigent, vous conduisent et le désignent. Ici, il semblait exprès caché dans un entrecroisement de ruelles, comme ces palais des contes orientaux où on mène la nuit un personnage qui ramené chez lui avant le jour, ne doit pas pouvoir retrouver la demeure magique où il finit par croire qu'il n'est allé qu'en rêve. Le lendemain je partais à la recherche de ma belle place nocturne, je suivais des *calli* qui se ressemblaient toutes et se refusaient à me donner le moindre renseignement, sauf pour m'égarer mieux. Parfois un vague indice que je croyais reconnaître me faisait supposer que j'allais voir apparaître, dans sa claustration, sa solitude et son silence, la belle place exilée. À ce moment quelque mauvais génie qui avait pris l'apparence d'une nouvelle *calle* me faisait rebrousser chemin malgré moi, et je me trouvais brusquement ramené au Grand Canal. Et comme il n'y a pas entre le souvenir d'un rêve et le souvenir d'une réalité de grandes différences, je finissais par me demander si ce n'était pas pendant mon sommeil que s'était produit, dans un sombre morceau de cristallisation vénitienne, cet étrange flottement qui offrait une vaste place entourée de palais romantiques à la méditation prolongée du clair de lune. »

Albertine disparue, « Chapitre III »

Malgré sa richesse et ses confinements, ou peut-être en partie à cause d'eux, Proust garde le sens et le goût de la vie simple. Il y a une fraîcheur et une sensualité particulières quand il évoque la jeune paysanne sortant de sa ferme pour proposer du lait aux voyageurs du train qui emmène le narrateur vers la Normandie[1]. Ou quand ce dernier se laisse prendre au charme des chansons de la rue[2]. Dans les voyages de l'auteur à Venise, on aurait pu craindre un étouffement par sa mère, ses amis, son train de vie. Redouter qu'il aime une Venise en stuc à la Henri de Régnier, une Venise en palaces à la Paul Morand. Mais le narrateur retrouve à Venise l'intensité de ses matins d'enfance à Combray. Et surtout, dans ce passage, il se perd comme il est bon de se perdre dans Venise, au hasard des *calli*, en se laissant surprendre par l'apparition d'un *campo* que rien n'annonçait. Cent ans après, on continue à s'égarer aussi délicieusement dans ce labyrinthe qu'aucun plan n'a l'ambition d'épuiser. On a pu frémir quand on a vu récemment des touristes utiliser leur GPS pour s'y reconnaître. Mais ceux-là n'existent pas. Le regard rivé à l'écran de leur téléphone cellulaire, ils ne lèvent pas les yeux. Comme le narrateur, on peut continuer à s'enfoncer dans la vie aperçue, devinée, entendue. Si quotidienne et si magique. Sans GPS.

1. Voir « Et les trains se mélangent », page 78.
2. Voir « La vie multipliée », page 182.

Réunir et toucher

« Or on avait vu cette chose si belle, qui fut si fréquente à cette époque-là dans tout le pays et qui témoignerait, s'il y avait un historien pour en perpétuer le souvenir, de la grandeur de la France, de sa grandeur d'âme, de sa grandeur selon Saint-André-des-Champs, et que ne révélèrent pas moins tant de civils survivants à l'arrière que les soldats tombés à la Marne. Un neveu de Françoise avait été tué à Berry-au-Bac qui était aussi le neveu de ces cousins millionnaires de Françoise, anciens grands cafetiers retirés depuis longtemps après fortune faite. Il avait été tué, lui tout petit cafetier sans fortune qui parti à la mobilisation âgé de vingt-cinq ans avait laissé sa jeune femme seule pour tenir le petit bar qu'il croyait regagner quelques mois après.

Il avait été tué. Et alors on avait vu ceci. Les cousins millionnaires de Françoise et qui n'étaient rien à la jeune femme, veuve de leur neveu, avaient quitté la campagne où ils étaient retirés depuis dix ans et s'étaient remis cafetiers, sans vouloir toucher un sou ; tous les matins à 6 heures, la femme millionnaire, une vraie dame, était habillée ainsi que "sa demoiselle", prêtes à aider leur nièce et cousine par alliance. Et depuis près de trois ans, elles rinçaient ainsi des verres et servaient des consommations depuis le matin jusqu'à 9 heures et demie du soir, sans un jour de repos. Dans ce livre où il n'y a pas un seul fait qui ne soit fictif, où il n'y a pas un seul personnage "à clefs", où tout a été inventé par moi selon les besoins de ma démonstration, je dois dire à la louange de mon pays que seuls les parents millionnaires de Françoise ayant quitté leur retraite pour aider leur nièce sans appui, que seuls ceux-là sont des gens réels, qui existent. Et persuadé que leur modestie ne s'en offensera pas, pour la raison qu'ils ne liront jamais ce livre, c'est avec un enfantin plaisir et une profonde émotion que, ne pouvant citer les noms de tant d'autres qui durent agir de même et par qui la France a survécu, je transcris ici leur nom véritable : ils s'appellent, d'un nom si français d'ailleurs,

> Larivière. S'il y a eu quelques vilains embusqués comme l'impérieux jeune homme en smoking que j'avais vu chez Jupien et dont la seule préoccupation était de savoir s'il pourrait avoir Léon à 10 heures et demie "parce qu'il déjeunait en ville", ils sont rachetés par la foule innombrable de tous les Français de Saint-André-des-Champs, par tous les soldats sublimes auxquels j'égale les Larivière. »
>
> *Le Temps retrouvé*

On est à la fin de *La Recherche*. À la fin de la vie de celui qui l'écrit. Et l'on est assez stupéfait de voir en quelque sorte Proust quitter son récit, de lire ces mots *la grandeur de la France*, de sentir non plus le narrateur mais l'auteur submergé par l'émotion en écrivant le nom *Larivière*, « ne pouvant citer les noms de tant d'autres qui durent agir de même et par qui la France a survécu ». Pourtant, cette grandeur *selon Saint-André-des-Champs* n'est pas si étrangère au génie de l'auteur, et si Bergotte est un peu Anatole France, Marcel Proust est beaucoup Saint-Simon.

À travers la beauté morale des Larivière, qui casse les castes sociales, Proust révèle une candeur qui est aussi la marque de son ambition. Réunir et toucher, en fin de compte, il s'agit aussi beaucoup de ça, dans ce roman *où tout a été inventé par moi.* Et comme celle des Larivière, cette générosité-là donne aussi la chair de poule.

On ne peut pas se souvenir de ceux qu'on aime

« J'appris, en effet, la mort de Robert de Saint-Loup, tué le surlendemain de son retour au front, en protégeant la retraite de ses hommes. Jamais homme n'avait eu moins que lui la haine d'un peuple (et quant à l'empereur, pour des raisons particulières, et peut-être fausses, il pensait que Guillaume II avait plutôt cherché à empêcher la guerre qu'à la déchaîner). Pas de haine du germanisme non plus ; les derniers mots que j'avais entendus sortir de sa bouche, il y avait six jours, c'étaient ceux qui commencent un lied de Schumann et que sur mon escalier il me fredonnait, en allemand, si bien qu'à cause des voisins je l'avais fait taire. Habitué par une bonne éducation suprême à émonder sa conduite de toute apologie, de toute invective, de toute phrase, il avait évité devant l'ennemi, comme au moment de la mobilisation, ce qui aurait pu assurer sa vie, par cet effacement de soi devant les autres que symbolisaient toutes ses manières, jusqu'à sa manière de fermer la portière de mon fiacre quand il me reconduisait, tête nue, chaque fois que je sortais de chez lui. Pendant plusieurs jours je restai enfermé dans ma chambre, pensant à lui. Je me rappelais son arrivée, la première fois, à Balbec, quand, en lainages blanchâtres, avec ses yeux verdâtres et bougeants comme la mer, il avait traversé le hall attenant à la grande salle à manger dont les vitrages donnaient sur la mer. Je me rappelais l'être si spécial qu'il m'avait paru être alors, l'être dont ç'avait été un si grand souhait de ma part d'être l'ami. Ce souhait s'était réalisé au-delà de ce que j'aurais jamais pu croire, sans me donner pourtant presque aucun plaisir alors, et ensuite je m'étais rendu compte de tous les grands mérites et d'autre chose aussi que cachait cette apparence élégante. Tout cela, le bon comme le mauvais, il l'avait donné sans compter, tous les jours, et le dernier en allant attaquer une tranchée, par générosité, par mise au service des autres de tout ce qu'il possédait, comme il avait un soir couru sur les canapés du restaurant pour ne pas me déranger. Et l'avoir vu si peu en somme, en des sites si variés, dans des circonstances si diverses et séparées par tant d'intervalles, dans ce hall de Balbec, au café de Rivebelle, au quartier de cavalerie et aux dîners militaires de Doncières, au théâtre où il avait giflé un journaliste, chez la princesse de Guermantes, ne faisait que me donner de sa vie des tableaux plus frappants, plus nets, de sa mort un chagrin plus lucide, que l'on n'en a souvent pour des personnes aimées davantage mais fréquentées si continuellement que l'image que nous gardons d'elles n'est plus qu'une espèce de vague moyenne entre une infinité d'images insensiblement différentes, et aussi que notre affection rassasiée n'a pas, comme pour ceux que nous n'avons vus que pendant des moments limités, au cours de rencontres inachevées malgré eux et malgré nous, l'illusion de la possibilité d'une affection plus grande dont les circonstances seules nous auraient frustrés. »

Le Temps retrouvé

Parlant de la mort de Robert de Saint-Loup, le narrateur voit surgir aussitôt des images précises, très éloignées les unes des autres, et qui dessinent d'autant plus exactement une figure lucide et conforme à ce que fut leur amitié. Mais il nous parle en fait davantage des autres, de ceux qu'on a aimés bien plus, qu'on a côtoyés au jour le jour, et dont on ne peut se détacher si peu que ce soit une fois qu'ils sont partis. C'est dans la trame même des jours qu'il faudrait retrouver l'intensité de notre amour pour eux, par eux. On ne peut pas feuilleter comme dans un album ce que fut avec eux notre vie commune. On ne peut pas se souvenir vraiment de ceux qu'on a vraiment aimés.

La compassion gourmande

« Sa mort fut accueillie par Françoise avec plus de pitié que celle d'Albertine. Elle prit immédiatement son rôle de pleureuse et commenta la mémoire du mort de lamentations, de thrènes désespérés. Elle exhibait son chagrin et ne prenait un visage sec en détournant la tête que lorsque malgré moi je laissais voir le mien, qu'elle voulait avoir l'air de ne pas avoir vu. Car comme beaucoup de personnes nerveuses la nervosité des autres, trop semblable sans doute à la sienne, l'horripilait. Elle aimait maintenant à faire remarquer ses moindres torticolis, un étourdissement, qu'elle s'était cognée. Mais si je parlais d'un de mes maux, redevenue stoïque et grave, elle faisait semblant de n'avoir pas entendu. "Pauvre marquis", disait-elle, bien qu'elle ne pût s'empêcher de penser qu'il eût fait l'impossible pour ne pas partir et, une fois mobilisé, pour fuir devant le danger. "Pauvre dame", disait-elle en pensant à Mme de Marsantes, "qu'est-ce qu'elle a dû pleurer quand elle a appris la mort de son garçon ! Si encore elle avait pu le revoir, mais il vaut peut-être mieux qu'elle n'ait pas pu, parce qu'il avait le nez coupé en deux, il était tout dévisagé." Et les yeux de Françoise se remplissaient de larmes, mais à travers lesquelles perçait la curiosité cruelle de la paysanne. Sans doute Françoise plaignait la douleur de Mme de Marsantes de tout son cœur, mais elle regrettait de ne pas connaître la forme que cette douleur avait prise et de ne pouvoir s'en donner le spectacle et l'affliction. Et comme elle aurait bien aimé pleurer et que je la visse pleurer, elle dit pour s'entraîner : "Ça m'a fait quelque chose !" Sur moi aussi elle épiait les traces du chagrin avec une avidité qui me fit simuler une certaine sécheresse en parlant de Robert. Et plutôt sans doute par esprit d'imitation et parce qu'elle avait entendu dire cela, car il y a des clichés dans les offices aussi bien que dans les cénacles, elle répétait, non sans y mettre pourtant la satisfaction d'un pauvre : "Toutes ses richesses ne l'ont pas empêché de mourir comme un autre, et elles ne lui servent plus à rien." Le maître d'hôtel profita de l'occasion pour dire à Françoise que sans doute c'était triste, mais que cela ne comptait guère auprès des millions d'hommes qui tombaient tous les jours malgré tous les efforts que faisait le gouvernement pour le cacher. Mais cette fois le maître d'hôtel ne réussit pas à augmenter la douleur de Françoise comme il avait cru. Car celle-ci lui répondit : "C'est vrai qu'ils meurent aussi pour la France, mais c'est des inconnus ; c'est toujours plus intéressant quand c'est des *genss* qu'on connaît." Et Françoise, qui trouvait du plaisir à pleurer, ajouta encore : "Il faudra bien prendre garde de m'avertir si on cause de la mort du marquis sur le journal." »

Le Temps retrouvé

Si Françoise était simplement hypocrite, son cas serait réglé. Mais elle éprouve une tristesse sincère de la mort de Saint-Loup, et c'est sa manifestation qui en est insupportable. « Et comme elle aurait bien aimé pleurer et que je la visse pleurer, elle dit pour s'entraîner : "ça m'a fait quelque chose !" » On entend à la perfection l'accentuation de cette phrase, génialement introduite par le verbe *s'entraîner*. Ces sanglots que les mots excitent en faisant semblant de les réprimer, ce mouchoir que l'on sort trop tôt pour essuyer des yeux encore presque secs.

L'indécence inconsciente de manifester davantage de chagrin que la personne dont on sait qu'elle en a plus que soi. Françoise y ajoute un zeste de cruauté paysanne pour évoquer de manière très réaliste la blessure de Saint-Loup, le regret de ne pouvoir assister à l'affliction de la mère du défunt – et c'est aussi un reproche à l'équanimité manifestée par son maître. Un regret apparent de l'égalité des pauvres et des riches devant la mort – mais c'est à l'évidence plutôt une consolation. On pense au vers que le grand-père du narrateur aimait à se remémorer, au tout début de *La Recherche* :

Seigneur, que de vertus vous nous faites haïr !

Toutes les madeleines

« Mais c'est quelquefois au moment où tout nous semble perdu que l'avertissement arrive qui peut nous sauver, on a frappé à toutes les portes qui ne donnent sur rien, et la seule par où on peut entrer et qu'on aurait cherchée en vain pendant cent ans, on y heurte sans le savoir, et elle s'ouvre.

En roulant les tristes pensées que je disais il y a un instant, j'étais entré dans la cour de l'hôtel de Guermantes et dans ma distraction je n'avais pas vu une voiture qui s'avançait ; au cri du wattman je n'eus que le temps de me ranger vivement de côté, et je reculai assez pour buter malgré moi contre les pavés assez mal équarris derrière lesquels était une remise. Mais au moment où, me remettant d'aplomb, je posai mon pied sur un pavé qui était un peu moins élevé que le précédent, tout mon découragement s'évanouit devant la même félicité qu'à diverses époques de ma vie m'avaient donnée la vue d'arbres que j'avais cru reconnaître dans une promenade en voiture autour de Balbec, la vue des clochers de Martinville, la saveur d'une madeleine trempée dans une infusion, tant d'autres sensations dont j'ai parlé et que les dernières œuvres de Vinteuil m'avaient paru synthétiser. Comme au moment où je goûtais la madeleine, toute inquiétude sur l'avenir, tout doute intellectuel étaient dissipés. Ceux qui m'assaillaient tout à l'heure au sujet de la réalité de mes dons littéraires et même de la réalité de la littérature se trouvaient levés comme par enchantement.

Sans que j'eusse fait aucun raisonnement nouveau, trouvé aucun argument décisif, les difficultés, insolubles tout à l'heure, avaient perdu toute importance. Mais cette fois, j'étais bien décidé à ne pas me résigner à ignorer pourquoi, comme je l'avais fait le jour où j'avais goûté d'une madeleine trempée dans une infusion. La félicité que je venais d'éprouver était bien en effet la même que celle que j'avais éprouvée en mangeant la madeleine et dont j'avais alors ajourné de rechercher les causes profondes. La différence, purement matérielle, était dans les images évoquées : un azur profond enivrait mes yeux, des impressions de fraîcheur, d'éblouissante lumière tournoyaient près de moi et, dans mon désir de les saisir, sans oser plus bouger que quand je goûtais la saveur de la madeleine en tâchant de faire parvenir jusqu'à moi ce qu'elle me rappelait, je restais, quitte à faire rire la foule innombrable des wattmen, à tituber comme j'avais fait tout à l'heure, un pied sur le pavé plus élevé, l'autre pied sur le pavé plus bas. Chaque fois que je refaisais rien que matériellement ce même pas, il me restait inutile ; mais si je réussissais, oubliant la matinée Guermantes, à retrouver ce que j'avais senti en posant ainsi mes pieds, de nouveau la vision éblouissante et indistincte me frôlait comme si elle m'avait dit : "Saisis-moi au passage si tu en as la force, et tâche à résoudre l'énigme de bonheur que je te propose." Et presque tout de suite je la reconnus, c'était Venise, dont mes efforts pour la décrire et les prétendus instantanés pris par ma mémoire ne m'avaient jamais rien dit et que la sensation que j'avais ressentie jadis sur deux dalles inégales du baptistère de Saint-Marc m'avait rendue avec toutes les autres sensations jointes ce jour-là à cette sensation-là, et qui étaient restées dans l'attente, à leur rang, d'où un brusque hasard les avait impérieusement fait sortir, dans la série des jours oubliés. De même le goût de la petite madeleine m'avait rappelé Combray. Mais pourquoi les images de Combray et de Venise m'avaient-elles à l'un et à l'autre moment donné une joie pareille à une certitude et suffisante sans autres preuves à me rendre la mort indifférente ?

Tout en me le demandant et en étant résolu aujourd'hui à trouver la réponse, j'entrai dans l'hôtel de Guermantes, parce que nous faisons toujours passer avant la besogne intérieure que nous avons à faire le rôle apparent que nous jouons et qui, ce jour-là, était celui d'un invité. Mais arrivé au premier étage, un maître d'hôtel me demanda d'entrer un instant dans un petit salon-bibliothèque attenant au buffet, jusqu'à ce que le morceau qu'on jouait fût achevé, la princesse ayant défendu qu'on ouvrît les portes pendant son exécution. Or à ce moment même, un second avertissement vint renforcer celui que m'avaient donné les deux pavés inégaux et m'exhorter à persévérer dans ma tâche. Un domestique en effet venait, dans ses efforts infructueux pour ne pas faire de bruit, de cogner une cuiller contre une assiette. Le même genre de félicité que m'avaient donné les dalles inégales m'envahit ; les sensations étaient de grande chaleur encore mais toutes différentes : mêlée d'une odeur de fumée, apaisée par la fraîche odeur d'un cadre forestier ; et je reconnus que ce qui me paraissait si agréable était la même rangée d'arbres que j'avais trouvée ennuyeuse à observer et à décrire, et devant laquelle, débouchant la canette de bière que j'avais dans le wagon, je venais de croire un instant, dans une sorte d'étourdissement, que je me trouvais, tant le bruit identique de la cuiller contre l'assiette m'avait donné, avant que j'eusse eu le temps de me ressaisir, l'illusion du bruit du marteau d'un employé qui avait arrangé quelque chose à une roue du train pendant que nous étions arrêtés devant ce petit bois. Alors on eût dit que les signes qui devaient, ce jour-là, me tirer de mon découragement et me rendre la foi dans les lettres, avaient à cœur de se multiplier, car un maître d'hôtel depuis longtemps au service du prince de Guermantes m'ayant reconnu, et m'ayant apporté dans la bibliothèque où j'étais pour m'éviter d'aller au buffet, un choix de petits fours, un verre d'orangeade, je m'essuyai la bouche avec la serviette qu'il m'avait donnée ; mais aussitôt, comme le personnage des *Mille et Une Nuits* qui sans le savoir accomplissait précisément le rite qui faisait apparaître, visible pour lui seul, un docile génie prêt à le transporter au loin, une nouvelle vision d'azur passa devant mes yeux ; mais il était pur et salin, il se gonfla en mamelles bleuâtres ; l'impression fut si forte que le moment que je vivais me sembla être le moment actuel ; plus hébété que le jour où je me demandais si j'allais vraiment être accueilli par la princesse de Guermantes ou si tout n'allait pas s'effondrer, je croyais que le domestique venait d'ouvrir la fenêtre sur la plage et que tout m'invitait à descendre me promener le long de la digue à marée haute ; la serviette que j'avais prise pour m'essuyer la bouche avait précisément le genre de raideur et d'empesé de celle avec laquelle j'avais eu tant de peine à me sécher devant la fenêtre, le premier jour de mon arrivée à Balbec, et, maintenant devant cette bibliothèque de l'hôtel de Guermantes, elle déployait, réparti dans ses pans et dans ses cassures, le plumage d'un océan vert et bleu comme la queue d'un paon. Et je ne jouissais pas que de ces couleurs, mais de tout un instant de ma vie qui les soulevait, qui avait été sans doute aspiration vers elles, dont quelque sentiment de fatigue ou de tristesse m'avait peut-être empêché de jouir à Balbec, et qui maintenant, débarrassé de ce qu'il y a d'imparfait dans la perception extérieure, pur et désincarné, me gonflait d'allégresse. »

Le Temps retrouvé

Invité à une soirée dans la nouvelle demeure du prince de Guermantes, le narrateur se désole dans un premier temps de ce déménagement contre nature, lui qui trouve que les gens finissent par constituer l'essence des lieux. Mais, dans la cour de l'hôtel, en butant sur les pavés mal équarris, il éprouve une sensation de félicité dont il reconnaît le pouvoir et bientôt l'origine. S'enchaînent alors des événements infimes qui réveillent l'éclat de la mémoire involontaire. Toutes les madeleines qui appartiennent en propre au narrateur, à son accord insaisissable et reconquis avec sa vie.

Ce n'est bien sûr pas un hasard. Nous sommes dans l'avant-scène d'une soirée où il va retrouver tant de visages transformés par le passage des années. Et dans la bulle qui précède, seul, d'autant plus magicien qu'il se résout déjà à jouer le rôle d'invité, il est maître du temps.

Il n'y a plus de surface

« Le morceau qu'on jouait pouvait finir d'un moment à l'autre et je pouvais être obligé d'entrer au salon. Aussi je m'efforçais de tâcher de voir clair le plus vite possible dans la nature des plaisirs identiques que je venais par trois fois en quelques minutes de ressentir, et ensuite de dégager l'enseignement que je devais en tirer. Sur l'extrême différence qu'il y a entre l'impression vraie que nous avons eue d'une chose et l'impression factice que nous nous en donnons quand volontairement nous essayons de nous la représenter, je ne m'arrêtais pas ; me rappelant trop avec quelle indifférence relative Swann avait pu parler autrefois des jours où il était aimé, parce que sous cette phrase il voyait autre chose qu'eux, et la douleur subite que lui avait causée la petite phrase de Vinteuil en lui rendant ces jours eux-mêmes, tels qu'il les avait jadis sentis, je comprenais trop que ce que la sensation des dalles inégales, la raideur de la serviette, le goût de la madeleine avaient réveillé en moi n'avait aucun rapport avec ce que je cherchais souvent à me rappeler de Venise, de Balbec, de Combray, à l'aide d'une mémoire uniforme ; et je comprenais que la vie pût être jugée médiocre, bien qu'à certains moments elle parût si belle, parce que dans les premiers c'est sur tout autre chose qu'elle-même, sur des images qui ne gardent rien d'elle, qu'on la juge et qu'on la déprécie. Tout au plus notais-je accessoirement que la différence qu'il y a entre chacune des impressions réelles – différences qui expliquent qu'une peinture uniforme de la vie ne puisse être ressemblante – tenait probablement à cette cause que la moindre parole que nous avons dite à une époque de notre vie, le geste le plus insignifiant que nous avons fait était entouré, portait sur lui le reflet de choses qui logiquement ne tenaient pas à lui, en ont été séparées par l'intelligence qui n'avait rien à faire d'elles pour les besoins du raisonnement, mais au milieu desquelles – ici reflet rose du soir sur le mur fleuri d'un restaurant champêtre, sensation de faim, désir des femmes, plaisir du luxe – là volutes bleues de la mer matinale enveloppant des phrases musicales qui en émergent partiellement comme les épaules des ondines – le geste, l'acte le plus simple reste enfermé comme dans mille vases clos dont chacun serait rempli de choses d'une couleur, d'une odeur, d'une température absolument différentes ; sans compter que ces vases, disposés sur toute la hauteur de nos années pendant lesquelles nous n'avons cessé de changer, fût-ce seulement de rêve et de pensée, sont situés à des altitudes bien diverses, et nous donnent la sensation d'atmosphères singulièrement variées. Il est vrai que ces changements, nous les avons accomplis insensiblement ; mais entre le souvenir qui nous revient brusquement et notre état actuel, de même qu'entre deux souvenirs d'années, de lieux, d'heures différentes, la distance est telle que cela suffirait, en dehors même d'une originalité spécifique, à les rendre incomparables les uns aux autres. Oui, si le souvenir, grâce à l'oubli, n'a pu contracter aucun lien, jeter aucun chaînon entre lui et la minute présente, s'il est resté à sa place, à sa date, s'il a gardé ses distances, son isolement dans le creux d'une vallée ou à la pointe d'un sommet, il nous fait tout à coup respirer un air nouveau, précisément parce que c'est un air qu'on a respiré autrefois, cet air plus pur que les poètes ont vainement essayé de faire régner dans le paradis et qui ne pourrait donner cette sensation profonde de renouvellement que s'il avait été respiré déjà, car les vrais paradis sont les paradis qu'on a perdus. »

Le Temps retrouvé

Le problème de la mémoire involontaire, c'est qu'elle est involontaire. Le théorème proustien est redoutable. Toute mémoire volontairement appréhendée est par essence discréditée, dérisoire. Quand on disait de quelqu'un, avant Proust, qu'il *écrivait ses mémoires*, on faisait naître l'image d'une sérénité logique, d'une existence suffisamment prolongée pour pouvoir recueillir son écho docile, juste avant de la quitter. Mais il y a eu la petite madeleine, les pavés de l'hôtel du prince de Guermantes, véritables tremblements de terre dans nos têtes. Tous ceux qui écrivent leurs mémoires n'écrivent rien. Tous ceux qui se souviennent avec effort pour se souvenir ne se souviennent de rien ni de personne. C'est de l'oubli qu'il faudrait se souvenir. La vie n'est pas seulement horizontale.

Que pensez-vous du destin de Vivian Maier ?

« La vraie vie, la vie enfin découverte et éclaircie, la seule vie par conséquent pleinement vécue, c'est la littérature. Cette vie qui, en un sens, habite à chaque instant chez tous les hommes aussi bien que chez l'artiste. Mais ils ne la voient pas, parce qu'ils ne cherchent pas à l'éclaircir. Et ainsi leur passé est encombré d'innombrables clichés qui restent inutiles parce que l'intelligence ne les a pas "développés". Notre vie ; et aussi la vie des autres ; car le style pour l'écrivain aussi bien que la couleur pour le peintre est une question non de technique mais de vision. Il est la révélation, qui serait impossible par des moyens directs et conscients, de la différence qualitative qu'il y a dans la façon dont nous apparaît le monde, différence qui, s'il n'y avait pas l'art, resterait le secret éternel de chacun. Par l'art seulement nous pouvons sortir de nous, savoir ce que voit un autre de cet univers qui n'est pas le même que le nôtre et dont les paysages nous seraient restés aussi inconnus que ceux qu'il peut y avoir dans la lune. Grâce à l'art, au lieu de voir un seul monde, le nôtre, nous le voyons se multiplier, et autant qu'il y a d'artistes originaux, autant nous avons de mondes à notre disposition, plus différents les uns des autres que ceux qui roulent dans l'infini et, bien des siècles après qu'est éteint le foyer dont il émanait, qu'il s'appelât Rembrandt ou Ver Meer, nous envoient encore leur rayon spécial.

Ce travail de l'artiste, de chercher à apercevoir sous de la matière, sous de l'expérience, sous des mots quelque chose de différent, c'est exactement le travail inverse de celui que, à chaque minute, quand nous vivons détourné de nous-même, l'amour-propre, la passion, l'intelligence, et l'habitude aussi accomplissent en nous, quand elles amassent au-dessus de nos impressions vraies, pour nous les cacher entièrement, les nomenclatures, les buts pratiques que nous appelons faussement la vie. En somme, cet art si compliqué est justement le seul art vivant. Seul il exprime pour les autres et nous fait voir à nous-même notre propre vie, cette vie qui ne peut pas s'"observer", dont les apparences qu'on observe ont besoin d'être traduites et souvent lues à rebours et péniblement déchiffrées. Ce travail qu'avaient fait notre amour-propre, notre passion, notre esprit d'imitation, notre intelligence abstraite, nos habitudes, c'est ce travail que l'art défera, c'est la marche en sens contraire, le retour aux profondeurs où ce qui a existé réellement gît inconnu de nous, qu'il nous fera suivre. »

Le Temps retrouvé

Cent ans après la mort de Proust, nous découvrons peu à peu l'énigmatique figure de Vivian Maier. La photographe suscite en général un mélange doux-amer d'admiration et de pitié. Nous connaissons un certain nombre de ses photos. Mais surtout, nous savons qu'il existe un océan de clichés non développés, peu à peu exhumés par son *découvreur*, John Maloof. Les clichés non développés ont-ils un sens par eux-mêmes ? Aux yeux de l'auteur, seul l'écrivain, seul l'artiste pénètrent dans la réelle matière du temps, et nous la font partager. Mais qu'en est-il de l'artiste volontairement souterrain ? Et plus généralement, tous les humains ne sont-ils pas, à des degrés divers, des photographes souterrains ? Ce sont les deux questions que je voudrais poser à Proust :

Que pensez-vous du destin de Vivian Maier ?

Les humains sont-ils tous des photographes souterrains ?

La grive et la madeleine

« Car pour la même raison que de grands événements n'influent pas du dehors sur nos puissances d'esprit, et qu'un écrivain médiocre vivant dans une époque épique restera un tout aussi médiocre écrivain, ce qui était dangereux dans le monde c'était les dispositions mondaines qu'on y apporte. Mais par lui-même il n'était pas plus capable de vous rendre médiocre qu'une guerre héroïque de rendre sublime un mauvais poète.

En tout cas, qu'il fût théoriquement utile ou non que l'œuvre d'art fût constituée de cette façon, et en attendant que j'eusse examiné ce point comme j'allais le faire, je ne pouvais nier qu'en ce qui me concernait, quand des impressions vraiment esthétiques m'étaient venues, ç'avait toujours été à la suite de sensations de ce genre. Il est vrai qu'elles avaient été assez rares dans ma vie, mais elles la dominaient, je pouvais retrouver dans le passé quelques-uns de ces sommets que j'avais eu le tort de perdre de vue (ce que je comptais ne plus faire désormais). Et déjà je pouvais dire que si c'était chez moi, par l'importance exclusive qu'il prenait, un trait qui m'était personnel, cependant j'étais rassuré en découvrant qu'il s'apparentait à des traits moins marqués, mais discernables et au fond assez analogues chez certains écrivains. N'est-ce pas à une sensation du genre de celle de la madeleine qu'est suspendue la plus belle partie des *Mémoires d'Outre-Tombe* : "Hier au soir je me promenais seul... je fus tiré de mes réflexions par le gazouillement d'une grive perchée sur la plus haute branche d'un bouleau. À l'instant, ce son magique fit reparaître à mes yeux le domaine paternel ; j'oubliai les catastrophes dont je venais d'être le témoin, et, transporté subitement dans le passé, je revis ces campagnes où j'entendis si souvent siffler la grive." Et une des deux ou trois plus belles phrases de ces Mémoires n'est-elle pas celle-ci : "Une odeur fine et suave d'héliotrope s'exhalait d'un petit carré de fèves en fleurs ; elle ne nous était point apportée par une brise de la patrie, mais par un vent sauvage de Terre-Neuve, sans relation avec la plante exilée, sans sympathie de réminiscence et de volupté. Dans ce parfum non respiré de la beauté, non épuré dans son sein, non répandu sur ses traces, dans ce parfum changé d'aurore, de culture et de monde, il y avait toutes les mélancolies des regrets, de l'absence et de la jeunesse." Un des chefs-d'œuvre de la littérature française, *Sylvie*, de Gérard de Nerval, a, tout comme le livre des *Mémoires d'Outre-Tombe* relatif à Combourg, une sensation du même genre que le goût de la madeleine et "le gazouillement de la grive". »

Le Temps retrouvé

Un écrivain est toujours un homme de lectures. Elles n'encombrent heureusement pas *La Recherche*. Elle n'est pas le livre d'un homme qui a lu, mais le livre d'un homme qui a transformé en vie toutes ses lectures. Le personnage de Bergotte, devenu familier au fil des pages – et se confondant parfois avec Proust lui-même, quand ce dernier évoque la difficulté à être compris quand on est vraiment nouveau, ou le malaise devant une toile de Vermeer –, synthétise plusieurs écrivains. D'autres, comme George Sand, Hugo, Maeterlinck, et surtout Saint-Simon, sont cités ici et là comme parfaitement intégrés à la conscience du narrateur.

Mais Chateaubriand ! Quelle vie plus opposée à celle de Proust ? Ici le reclus, et là une existence de pionnier, d'explorateur, de soldat, d'homme politique, de ministre, de gloire littéraire et d'amours spectaculaires. Mais quand même, le retirement final, les *Mémoires d'Outre-Tombe*, et ce gazouillement de la grive, reconnu comme une source profonde et lointaine de la madeleine. C'est beau, cet essentiel venu les réunir à contre-emploi.

Alors c'est le bal du silence

« Pour Mme de Forcheville au contraire, c'était si miraculeux, qu'on ne pouvait même pas dire qu'elle avait rajeuni, mais plutôt qu'avec tous ses carmins, toutes ses rousseurs, elle avait refleuri. Plus même que l'incarnation de l'Exposition universelle de 1878, elle eût été, dans une exposition végétale d'aujourd'hui, la curiosité et le clou. Pour moi, du reste, elle ne semblait pas dire : "Je suis l'Exposition de 1878", mais plutôt : "Je suis l'allée des Acacias de 1892." Il semblait qu'elle eût pu y être encore. D'ailleurs, justement parce qu'elle n'avait pas changé, elle ne semblait guère vivre. Elle avait l'air d'une rose stérilisée. Je lui dis bonjour, elle chercha quelque temps mon nom sur mon visage, comme un élève, sur celui de son examinateur, une réponse qu'il eût trouvée plus facilement dans sa tête. Je me nommai et aussitôt, comme si j'avais perdu grâce à ce nom incantateur l'apparence d'arbousier ou de kangourou que l'âge m'avait sans doute donnée, elle me reconnut et se mit à me parler de cette voix si particulière que les gens qui l'avaient applaudie dans les petits théâtres étaient si émerveillés, quand ils étaient invités à déjeuner avec elle, "à la ville", de retrouver dans chacune de ses paroles, pendant toute la causerie, tant qu'ils voulaient. Cette voix était restée la même, inutilement chaude, prenante, avec un rien d'accent anglais. Et pourtant, de même que ses yeux avaient l'air de me regarder d'un rivage lointain, sa voix était triste, presque suppliante, comme celle des morts dans l'*Odyssée*. Odette eût pu jouer encore. Je lui fis des compliments sur sa jeunesse. Elle me dit : "Vous êtes gentil, *my dear*, merci", et comme elle donnait difficilement à un sentiment, même le plus vrai, une expression qui ne fût pas affectée par le souci de ce qu'elle croyait élégant, elle répéta à plusieurs reprises : "Merci tant, merci tant." Mais moi qui avais jadis fait de si longs trajets pour l'apercevoir au Bois, qui avais écouté le son de sa voix tomber de sa bouche, la première fois que j'avais été chez elle, comme un trésor, les minutes passées maintenant auprès d'elle me semblaient interminables à cause de l'impossibilité de savoir que lui dire, et je m'éloignai tout en me disant que les paroles de Gilberte "Vous me prenez pour ma mère" n'étaient pas seulement vraies, mais encore qu'elles n'avaient rien que d'aimable pour la fille.

D'ailleurs, il n'y avait pas que chez cette dernière qu'avaient apparu des traits familiaux qui jusque-là étaient restés aussi invisibles dans sa figure que ces parties d'une graine repliées à l'intérieur et dont on ne peut deviner la saillie qu'elles feront un jour au dehors. Ainsi un énorme busquage maternel venait, chez l'une ou chez l'autre, transformer vers la cinquantaine un nez jusque-là droit et pur. Chez une autre, fille de banquier, le teint, d'une fraîcheur de jardinière, se roussissait, se cuivrait, et prenait comme le reflet de l'or qu'avait tant manié le père. Certains même avaient fini par ressembler à leur quartier, portaient sur eux comme le reflet de la rue de l'Arcade, de l'avenue du Bois, de la rue de l'Élysée. Mais surtout ils reproduisaient les traits de leurs parents. »

Le Temps retrouvé

Retrouver Odette, retrouver l'amour de Swann, non dans chaque note de la petite phrase de la sonate, mais dans l'apparence de Mme de Forcheville, est-ce le temps retrouvé, le temps perdu ? « Elle avait l'air d'une rose stérilisée. » Quand l'élégance, la beauté, le timbre même de la voix semblent traverser un océan de fatigue et de mélancolie pour parvenir jusqu'à vous, quand on ne trouve plus rien à dire à qui aimantait tous les rêves, quand après elle toutes les jeunes femmes d'autrefois ressemblent davantage à leur quartier qu'à elles-mêmes, c'est comme un bal étrange qui commence, bal de silence et de fantômes, au ralenti.

Le dernier paradoxe

« Cette idée de la mort s'installa définitivement en moi comme fait un amour. Non que j'aimasse la mort, je la détestais. Mais, après y avoir songé sans doute de temps en temps comme à une femme qu'on n'aime pas encore, maintenant sa pensée adhérait à la plus profonde couche de mon cerveau si complètement que je ne pouvais m'occuper d'une chose sans que cette chose traversât d'abord l'idée de la mort, et même si je ne m'occupais de rien et restais dans un repos complet l'idée de la mort me tenait une compagnie aussi incessante que l'idée du moi. Je ne pense pas que le jour où j'étais devenu un demi-mort, c'était les accidents qui avaient caractérisé cela, l'impossibilité de descendre un escalier, de me rappeler un nom, de me lever, qui avaient causé par un raisonnement même inconscient l'idée de la mort, que j'étais déjà à peu près mort, mais plutôt que c'était venu ensemble, qu'inévitablement ce grand miroir de l'esprit reflétait une réalité nouvelle. Pourtant je ne voyais pas comment des maux que j'avais on pouvait passer sans être averti à la mort complète. Mais alors je pensais aux autres, à tous ceux qui chaque jour meurent sans que l'hiatus entre leur maladie et leur mort nous semble extraordinaire. Je pensais même que c'était seulement parce que je les voyais de l'intérieur (plus encore que par les tromperies de l'espérance) que certains malaises ne me semblaient pas mortels pris un à un, bien que je crusse à ma mort, de même que ceux qui sont le plus persuadés que leur terme est venu sont néanmoins persuadés aisément que s'ils ne peuvent pas prononcer certains mots, cela n'a rien à voir avec une attaque, l'aphasie, etc., mais vient d'une fatigue de la langue, d'un état nerveux analogue au bégaiement, de l'épuisement qui a suivi une indigestion.

Moi, c'était autre chose que j'avais à écrire, de plus long, et pour plus d'une personne. Long à écrire. Le jour, tout au plus pourrais-je essayer de dormir. Si je travaillais, ce ne serait que la nuit. Mais il me faudrait beaucoup de nuits, peut-être cent, peut-être mille. Et je vivrais dans l'anxiété de ne pas savoir si le Maître de ma destinée, moins indulgent que le sultan Sheriar, le matin quand j'interromprais mon récit, voudrait bien surseoir à mon arrêt de mort et me permettrait de reprendre la suite le prochain soir. Non pas que je prétendisse refaire, en quoi que ce fût, *Les Mille et Une Nuits*, pas plus que les *Mémoires* de Saint-Simon, écrits eux aussi la nuit, pas plus qu'aucun des livres que j'avais aimés dans ma naïveté d'enfant, superstitieusement attaché à eux comme à mes amours, ne pouvant sans horreur imaginer une œuvre qui serait différente d'eux. Mais, comme Elstir Chardin, on ne peut refaire ce qu'on aime qu'en le renonçant. Sans doute mes livres eux aussi, comme mon être de chair, finiraient un jour par mourir. Mais il faut se résigner à mourir. On accepte la pensée que dans dix ans soi-même, dans cent ans ses livres, ne seront plus. La durée éternelle n'est pas plus promise aux œuvres qu'aux hommes.

Ce serait un livre aussi long que *Les Mille et Une Nuits* peut-être, mais tout autre. Sans doute, quand on est amoureux d'une œuvre, on voudrait faire quelque chose de tout pareil, mais il faut sacrifier son amour du moment, ne pas penser à son goût, mais à une vérité qui ne vous demande pas vos préférences et vous défend d'y songer. Et c'est seulement si on la suit qu'on se trouve parfois rencontrer ce qu'on a abandonné, et avoir écrit, en les oubliant, les "Contes arabes" ou les "*Mémoires* de Saint-Simon" d'une autre époque. Mais était-il encore temps pour moi ? N'était-il pas trop tard ?

Je me disais non seulement : "Est-il encore temps ?" mais "Suis-je encore en état ?" La maladie qui, en me faisant, comme un rude directeur de conscience, mourir au monde, m'avait rendu service "car si le grain de froment ne meurt après qu'on l'a semé, il restera seul, mais s'il meurt, il portera beaucoup de fruits", la maladie qui, après que la paresse m'avait protégé contre la facilité, allait peut-être me garder contre la paresse, la maladie avait usé mes forces, et comme je l'avais remarqué depuis longtemps notamment au moment où j'avais cessé d'aimer Albertine, les forces de ma mémoire. Or la recréation par la mémoire d'impressions qu'il fallait ensuite approfondir, éclairer, transformer en équivalents d'intelligence, n'était-elle pas une des conditions, presque l'essence même de l'œuvre d'art telle que je l'avais conçue tout à l'heure dans la bibliothèque ? Ah ! si j'avais encore les forces qui étaient intactes encore dans la soirée que j'avais alors évoquée en apercevant *François le Champi* ! C'était de cette soirée, où ma mère avait abdiqué, que datait, avec la mort lente de ma grand-mère, le déclin de ma volonté, de ma santé. Tout s'était décidé au moment où, ne pouvant plus supporter d'attendre au lendemain pour poser mes lèvres sur le visage de ma mère, j'avais pris ma résolution, j'avais sauté du lit et étais allé, en chemise de nuit, m'installer à la fenêtre par où entrait le clair de lune jusqu'à ce que j'eusse entendu partir M. Swann. Mes parents l'avaient accompagné, j'avais entendu la porte du jardin s'ouvrir, sonner, se refermer…

Alors, je pensai tout d'un coup que si j'avais encore la force d'accomplir mon œuvre, cette matinée – comme autrefois à Combray certains jours qui avaient influé sur moi – qui m'avait, aujourd'hui même, donné à la fois l'idée de mon œuvre et la crainte de ne pouvoir la réaliser, marquerait certainement avant tout, dans celle-ci, la forme que j'avais pressentie autrefois dans l'église de Combray, et qui nous reste habituellement invisible, celle du Temps. »

Le Temps retrouvé

« On accepte la pensée que dans dix ans soi-même, dans cent ans ses livres, ne seront plus. » Quand il écrit ces lignes, Proust est séparé de la mort par beaucoup moins que dix ans. Mais son livre – car il n'y en a qu'un – a plus de cent ans à vivre, cela nous le savons, et beaucoup plus que cent, tout nous le dit.

Au fur et à mesure qu'elle avance, *La Recherche* apprivoise la mort, cette grosse femme noire que Marcel désigne ainsi à sa gouvernante Céleste, dans ses dernières hallucinations. À Céleste, un jour, il avait dit qu'il avait écrit le mot *fin*. Mais quelques heures avant de perdre définitivement conscience, il avait changé d'avis, se plaignant à elle qu'il y avait de nombreuses choses à reprendre.

La Recherche est-elle un livre fini ? Bien sûr que non, bien sûr que oui. C'est le dernier et symboliquement l'un des plus précieux de tous ses paradoxes.

Et jusqu'au bout elle continue de résonner

« Si c'était cette notion du temps incorporé, des années passées non séparées de nous, que j'avais maintenant l'intention de mettre si fort en relief, c'est qu'à ce moment même, dans l'hôtel du prince de Guermantes, ce bruit des pas de mes parents reconduisant M. Swann, ce tintement rebondissant, ferrugineux, intarissable, criard et frais de la petite sonnette qui m'annonçait qu'enfin M. Swann était parti et que maman allait monter, je les entendis encore, je les entendis eux-mêmes, eux situés pourtant si loin dans le passé. Alors, en pensant à tous les événements qui se plaçaient forcément entre l'instant où je les avais entendus et la matinée Guermantes, je fus effrayé de penser que c'était bien cette sonnette qui tintait encore en moi, sans que je pusse rien changer aux criaillements de son grelot, puisque ne me rappelant plus bien comment ils s'éteignaient, pour le réapprendre, pour bien l'écouter, je dus m'efforcer de ne plus entendre le son des conversations que les masques tenaient autour de moi. Pour tâcher de l'entendre de plus près, c'est en moi-même que j'étais obligé de redescendre. C'est donc que ce tintement y était toujours, et aussi, entre lui et l'instant présent tout ce passé indéfiniment déroulé que je ne savais que je portais. Quand elle avait tinté j'existais déjà, et depuis pour que j'entendisse encore ce tintement, il fallait qu'il n'y eût pas eu discontinuité, que je n'eusse pas un instant cessé, pris le repos de ne pas exister, de ne pas penser, de ne pas avoir conscience de moi, puisque cet instant ancien tenait encore à moi, que je pouvais encore le retrouver, retourner jusqu'à lui, rien qu'en descendant plus profondément en moi. Et c'est parce qu'ils contiennent ainsi les heures du passé que les corps humains peuvent faire tant de mal à ceux qui les aiment, parce qu'ils contiennent tant de souvenirs de joies et de désirs déjà effacés pour eux, mais si cruels pour celui qui contemple et prolonge dans l'ordre du temps le corps chéri dont il est jaloux, jaloux jusqu'à en souhaiter la destruction. »

Le Temps retrouvé

« Rebondissant, ferrugineux, intarissable, criard et frais. » Tous les adjectifs du monde. Pour prolonger l'écho de la petite sonnette de Combray.

M. Swann est parti, et maman va monter.

Table

DU MÊME AUTEUR

Le Bonheur, tableaux et bavardages
Le Rocher, 1986, 1998
et « Folio », n° 4473

Le Buveur de temps
Le Rocher, 1987, 2002
Robert Laffont, 2020
et « Folio », n° 4073

Les Amoureux de l'Hôtel de Ville
Le Rocher, 1993, 2001
et « Folio », n° 3976

L'Envol
Le Rocher, 1996
Magnard, 2001
et « Librio », n° 280

Sundborn
ou Les Jours de lumière
Le Rocher, 1996
et « Folio », n° 3041

La Première Gorgée de bière
et autres plaisirs minuscules
Gallimard, « L'Arpenteur », 1997

La Cinquième Saison
Le Rocher, 1997, 2000
et « Folio », n° 3826

Il avait plu tout le dimanche
Mercure de France, 1998
et « Folio », n° 3309

Paniers de fruits
Le Rocher, 1998

Le Miroir de ma mère
(en collaboration avec Marthe Delerm)
Le Rocher, 1998
et « Folio », n° 4246

Autumn
Le Rocher, 1998
et « Folio », n° 3166

Mister Mouse
ou La Métaphysique du terrier
Le Rocher, 1999
et « Folio », n° 3470

Le Portique
Le Rocher, 1999
et « Folio », n° 3761

Un été pour mémoire
Le Rocher, 2000
et « Folio », n° 4132

Rouen
Champ Vallon, 2000

La Sieste assassinée
Gallimard, « L'Arpenteur », 2001
et « Folio », n° 4212

Intérieur : Vilhelm Hammershoi
Flohic, 2001

Monsieur Spitzweg s'échappe
Mercure de France, 2001 et 2020

Enregistrements pirates
Le Rocher, 2004
et « Folio », n° 4454

Quiproquo
Le Serpent à Plumes, 2005
et « Petits Classiques Larousse », n° 161

Dickens, barbe à papa
et autres nourritures délectables
Gallimard, 2005
et « Folio », n° 4696

La Bulle de Tiepolo
Gallimard, 2005
et « Folio », n° 4562

Maintenant, foutez-moi la paix !
Mercure de France, 2006 et 2020
et « Folio », n° 4942

À Garonne
Nil, 2006
et « Points », n° P1706

La Tranchée d'Arenberg
et autres voluptés sportives
Panama, 2007
et « Folio », n° 4752

Au bonheur du Tour
Prolongations, 2007

Coton global
Circa 1924, 2008

Ma grand-mère avait les mêmes
Les dessous affriolants des petites phrases
« Points Le Goût des mots », 2008, 2011, 2019

Quelque chose en lui de Bartleby
Mercure de France, 2009
et « Folio », n° 5174

Le Trottoir au soleil
Gallimard, 2011
et « Folio », n° 5403

Écrire est une enfance
Albin Michel, 2011
et « Points », n° P2976

Je vais passer pour un vieux con
et autres petites phrases qui en disent long
Seuil, 2012
et « Points Le Goût des mots », n° 3230

Les mots que j'aime
« Points Le Goût des mots », n° P3134, 2013
et « Points », n° 3134

Elle marchait sur un fil
Le Seuil, 2014
et « Points », n° P4070

La Beauté du geste
Le Seuil, 2014
et « Points », n° P4687

Les Eaux troubles du mojito
et autres belles raisons d'habiter sur Terre
Le Seuil, 2015
et « Points », n° P4422

Journal d'un homme heureux
Le Seuil, 2016
et « Points », n° P4668

Entrées libres
Le Rocher poche, 2018

Et vous avez eu beau temps
la perfidie ordinaire des petites phrases
Le Seuil, 2018
et « Points », n° P4932

L'Extase du selfie
et autres gestes qui nous disent
Le Seuil, 2019
et « Points », n° P5274

Le Buveur de temps
Romans & récits intimes
Robert Laffont, Bouquins, 2020

La Vie en relief

Le Seuil, 2021
et « Points », n° 5532, 2022

En collaboration avec Martine Delerm

Les chemins nous inventent

Stock, 1997
et « Le Livre de poche », n° 14584

Fragiles

Seuil, 2001 et 2010
et « Points », n° P1277

Les Glaces du Chimborazo

Magnard Jeunesse, 2002, 2004

Paris, l'instant

Fayard, 2002
et « Le Livre de poche », n° 30054

Elle s'appelait Marine

Gallimard Jeunesse, « Folio Junior », n° 901, 2007

Traces

Fayard, 2008
et « Le Livre de poche », n° 32381

Fragments vénitiens

Le Seuil, 2021

Ici

Le Seuil, 2021

Pour la jeunesse

La Fille du bouscat

Milan, 1989

C'est bien

Milan, 1995
et Milan poche, « Tranche de vie », n° 37

Surtout, ne rien faire
(illustrations d'Isabelle Chatelland)
Milan Zanzibar, n° 142, 1995

En pleine lucarne
Milan, 1995, 1998
et « Folio Junior », n° 1215

Sortilège au Muséum
(illustrations de Stéphane Girel)
Magnard, 1996, 2004
et « Folio Junior », n° 1707

La Malédiction des ruines
Magnard, 1997, 2006

C'est toujours bien !
Milan, 1998
et Milan poche, « Tranche de vie », n° 40

Ce voyage
Gallimard Jeunesse, 2005

C'est trop bien !
Milan, 2017

Les Éditions Points s'engagent pour la protection de l'environnement et une production française responsable

Ce livre a été imprimé en France, sur un papier certifié issu de forêts gérées durablement, chez un imprimeur labellisé Imprim'Vert, marque créée en partenariat avec l'Agence de l'Eau, l'ADEME (Agence de l'Environnement et de la Maîtrise de l'Énergie) et l'UNIC (Union Nationale de l'Imprimerie et de la Communication).

La marque Imprim'Vert apporte trois garanties essentielles :

- La suppression totale de l'utilisation de produits toxiques
- La sécurisation des stockages de produits et de déchets dangereux
- La collecte et le traitement de produits dangereux

RÉALISATION : NORD COMPO À VILLENEUVE-D'ASCQ
IMPRESSION : NORMANDIE ROTO IMPRESSION S.A.S À LONRAI
DÉPÔT LÉGAL : NOVEMBRE 2022. N° 149864 (2203300)
IMPRIMÉ EN FRANCE